Johannes Wilkes

Dünendämmerung

AF872481

Handlung und Figuren dieses Romans entspringen der Fantasie des Autors. Eventuelle Übereinstimmungen mit lebenden oder verstorbenen Personen sind zufällig und nicht beabsichtigt. Nicht erfunden sind bekannte Persönlichkeiten, Institutionen, Straßen und Schauplätze auf Spiekeroog.

6. Auflage 2025
Alle Rechte vorbehalten, auch die des auszugsweisen Nachdrucks und der fotomechanischen Wiedergabe sowie der Einspeicherung und Verarbeitung in elektronischen Systemen.
Die automatisierte Analyse des Werkes, um daraus Informationen insbesondere über Muster, Trends und Korrelationen gemäß § 44b UrhG („Text und Data Mining“) zu gewinnen, ist untersagt.
©Prolibris Verlag Rolf Wagner
Rasenallee 23 d, 34128 Kassel, buero@prolibris-verlag.de
Titelfoto: © Bernhard Brügging, Velen
Druck: Druck: OSDW AZYMUT Sp. z o. o., Daimlera 2, 02-460 Warszawa, Polen
ISBN: 978-3-95475-189-1

www.prolibris-verlag.de

Johannes Wilkes

Dünendämmerung

Spiekeroog-Krimi

Prolibris Verlag

Der Autor

Johannes Wilkes, in Dortmund geboren, als der Pott noch rauchte, entwickelte erste Mordfantasien beim Sezieren einer formalingetränkten Leiche während seines Medizinstudiums in München. Er ist Autor zahlreicher unblutiger Bücher und leidenschaftlicher Strandgänger auf Spiekeroog. Hier spielte sein erster Kriminalroman: »Der Tod der Meerjungfrau«, dem fünf weitere im Polibris Verlag folgten. »Dünendämmerung« ist der vierte aus dieser Reihe. Das Ermittlerpärchen Karl-Dieter und Mütze hat inzwischen Kultstatus.

Samstag

»Sauwetter«, brüllte Karl-Dieter gegen den Sturm.

»Das kannste laut sagen.«

Es stürmte. Ein böiger Nordwest peitschte heftige Regenschauer über den Hafen von Spiekeroog, als Mütze und Karl-Dieter mit einer Schiffsladung von Inselhungrigen über den Steg an Land liefen. Sich unterzustellen und zu warten, bis das Gröbste vorbei war, hatte keinen Zweck. Noch auf der Fähre hatte Karl-Dieter einen Blick auf das Smartphone seines Banknachbarn geworfen, eines missmutig aus dem Fenster schauenden Pensionärs.

»Studienrat maximus«, spöttelte Karl-Dieter, »vermutlich Geschichte und Latein«.

»Geschichte und Religion!« Auf seinen Lateinlehrer ließ Mütze nichts kommen.

Was auch immer der Herr unterrichtet haben mochte, auf dem Regenradar seines Handys war nur eine Farbe zu sehen gewesen: ein triefnasses Blau.

»Dann nehmen wir eben ein Taxi.«

»Sehr witzig!« Mütze wusste genau, dass es weder Taxis auf Spiekeroog gab noch sonstige Autos. Das war ja gerade das Schöne an Spiekeroog. Vor allem bei Sonnenschein, wenn man über die Insel bummeln konnte, ohne auf einen Straßenverkehr achtgeben zu müssen. Ein solcher Regen jedoch war nicht normal, nicht Anfang August.

Zum Glück hatte Karl-Dieter an die Fahrradcapes gedacht. Nach einem leichten Knurren hatte Mütze eingesehen, dass Karl-Dieter Recht hatte. Noch auf der Toilette der Fähre hatten sie sich umgezogen, nacheinander natürlich, sie wussten schließlich, was sich gehörte.

Herausgekommen waren sie wie zwei zu groß geratene Gartenzwerge. Karl-Dieter, rundlich und kompakt, hatte sich das rote Cape übergezogen, Mütze, großgewachsen und athletisch, steckte im gelben Umhang. Auch unten herum unterschieden sich die Freunde signifikant. Während aus Mützes Cape behaarte Muskelbeine herauswuchsen, waren Karl-Dieters Schenkel glatt und glänzend wie ein Babypopo. Der Bühnenbildner pflegte seine Beine von jeglichem Bewuchs frei zu halten. Der Kriminalkommissar musste sich immer wegdrehen, wenn sich Karl-Dieter mit entschlossener Miene die erkaltete Wachsschicht von den Beinen zog. Einfach furchtbar! Karl-Dieters gepflegte Füße steckten in Adiletten, während Mütze aus Protest Aldiletten trug. Man müsse ja nicht jeden Modeblödsinn mitmachen.

So gekleidet trotzten sie am Kai dem Regen. Als alte Spiekeroog-Profis hatten sie ihre Koffer im Hafen von Neuharlingersiel in den letzten der Blechcontainer gewuchtet. »Die letzten werden die ersten sein«, hatte Mütze mit erfahrener Miene festgestellt.

Mit ihren Koffern schnell wiedervereint, zogen sie gegen die Sturmböen weiter zum Deich. Einer der dort auf dem Kopf liegenden Transportkarren wartete auf sie. Bloß welcher?

»Da vorne! Der da, sieh doch, da steht *Schwubbe* drauf.«

Schwubbe hieß ihr Vermieter. Für vierzehn Tage würden sie in seinem Dachgeschoss unterschlüpfen. *Haus Schwubbe* lag einsam im äußersten Westen der Insel. Karl-Dieter hatte sich das so gewünscht, in diesem Urlaub sei mal wieder eine Ferienwohnung dran. »Wenn deine Seligkeit davon abhängt«, hatte Mütze geseufzt und wehmütig an die *Linde* gedacht, an das nostalgische Inselhotel. Nun hatten sie den Salat. Bis zum Westend brauchte man sicher eine halbe Stunde, im Kampf gegen Wind und Regen eine gefühlte Ewigkeit. Die beiden Freunde drehten den Karren um, luden ihre Koffer auf und schnappten sich die nasse Deichsel.

»Daheim mach ich uns einen Tee«, rief Karl-Dieter, während er sich die Kapuze fester um das Kinn band.

»Aber bitte mit Schuss!«

Zum wievielten Mal waren sie schon auf Spiekeroog? War es wirklich bereits ihr fünfter Besuch? Zuletzt waren sie vor zwei Jahren auf der Insel gewesen, ein Urlaub nicht ohne Tragik, hatten sie doch drei gute, alte Freundinnen verloren, zumindest Karl-Dieter.

»Sieh's positiv«, hatte Mütze ihn zu trösten versucht, »besser kurz und schmerzlos im Watt ertrunken, als quälend langsam von Herrn Alzheimer um den Verstand gebracht.«

»Es gibt doch noch was dazwischen«, hatte Karl-Dieter protestiert.

»Dazwischen? Du meinst, von Herrn Alzheimer ins Watt geführt zu werden?«

»Idiot!«

Was sich liebt, das neckt sich.

Als die beiden endlich ihr Quartier erreicht hatten, klitschnass und durchgefroren, und ihnen ihr Vermieter, ein liebenswürdiger, aber leicht verpeilt wirkender Ostfriese, die Schlüssel überreicht hatte, hatten sie sich sogleich daran gemacht, es sich gemütlich zu machen. Um genau zu sein, Karl-Dieter hatte sich darangemacht. Mütze hingegen streckte sich erst mal genüsslich auf der Couch aus. Karl-Dieter hatte nichts dagegen, sich um die Wohnung zu kümmern, nicht das Geringste. Im Gegenteil, er liebte es. Da konnte das beste Hotelzimmer nicht mithalten. Hier würde er sich einrichten, wie es ihm behagte. Was gab es Schöneres? Vieles hatte Karl-Dieter mitgenommen, das er jetzt auspackte, um es am passenden Ort zu platzieren. Da war als Erstes das Foto von Tante Dörte. Ziemlich vergilbt war die Aufnahme bereits, doch gerade deshalb liebte Karl-Dieter sie. Tante Dörte kam auf den kleinen Sims bei der Essecke. Dann wickelte er vorsichtig eine KPM-Vase aus dem Zeitungspapier und stellte sie auf den Wohnzimmertisch. Für Blumen würde er morgen sorgen. Wie hätte es ihn gefreut, wenn Mütze ihm welche schenken würde, aber Mütze hatte keinen Sinn für Blumen. »Sind morgen doch bereits wieder verwelkt«, pflegte er zu sagen. Das war es ja gerade! Dass Mütze das nicht verstand. Wahre Schönheit war eben vergänglich. »Deine nicht«, hatte Mütze mal gemeint, worauf Karl-Dieter zart errötet war. Es war sicher nur so dahingesagt gewesen, trotzdem hatte es ihn gefreut.

»Der Tee ist fertig!«

»Gibt's auch ein Bierchen?«

*

Will man auf Spiekeroog eine Leiche verschwinden lassen, bieten sich zwei Möglichkeiten an: die Land- und die Seebestattung. Bei beiden Alternativen muss das Für und Wider sorgfältig abgewogen werden. Die Seebestattung hat den Nachteil größerer Unsicherheit über den weiteren Verbleib des Körpers. An der Nordsee sind die Strömungen, bedingt durch die kräftigen Gezeiten, nicht eindeutig zu berechnen, hinzu kommt ein oft wechselnder Wind. Will man sichergehen, dass der Tote nicht gefunden wird, sollte man sich für die Ankerlösung entscheiden, zumindest für ein schweres Gewicht, dass die Leiche dauerhaft unter Wasser hält.

Aber selbst dann muss man sich klarmachen, dass auch diese Variante kein sicheres Grab garantiert. Sei es, dass ein heftiger Orkan den Seeboden dermaßen aufwühlt, dass sogar ein schwerer Betonklotz an Land gespült werden kann, sei es, dass der Körper zunehmend an Substanz verliert. Dazu trägt zum einen die Verwesung bei, die auch unter Wasser voranschreitet, zum anderen der Fisch- und Seehundfraß. Schlimmstenfalls lösen sich einzelne Knochen, oder gar der komplette Schädel, und treiben an den Badestrand, wo sie für unschöne Reaktionen sorgen. Zugegeben, Sie könnten natürlich argumentieren, bis dies geschieht, hätten Sie schon einen hübschen Vorsprung, auch sei es nicht auszuschließen, dass aufgrund der verwischten Spurenlage kein Gewaltverbrechen mehr nachweisbar ist und man die Vermisstenakte mit dem Vermerk »vermutlich Badeunfall« schließen wird. Blöd ist nur, wenn der Schädel ein Loch aufweist. Dann kommt schnell der Verdacht einer unnatürlichen Todesart auf, speziell bei kreisrunden Löchern mit deutlicher Impressionsfraktur, die Teile des Knochens nach innen gedrückt hat.

Sonntag

So schnell der Regen aufgezogen war, so schnell hatte der Wind ihn wieder vertrieben. In der Nacht war noch ein letzter Schauer gegen die Fenster geklatscht, am Morgen aber machte die Sonne unmissverständlich klar, wem dieser Tag gehörte.

»Lass nur, ich fahr schon«, sagte Mütze vergnügt, warf sich seine Schimanski-Jacke über und eilte zur Wohnungstür hinaus.

Karl-Dieter sah ihm gerührt hinterher. Eigentlich war ausgemacht, dass er die Brötchen holen sollte, war es doch Karl-Dieters Idee gewesen, dieses abgelegene Quartier zu beziehen.

Mütze lief um das niedrige Haus herum, das mitten in den Dünen stand, und zog das alte Hollandrad aus dem grünen Schuppen. Das war ein kleiner Ausgleich für die Randlage. Man bekam Fahrräder gestellt, die man Touristen üblicherweise nicht zugestand. Er schwang sich in den Sattel und radelte den schmalen Weg Richtung Dorf.

Dort angekommen, sprang Mütze vorschriftsmäßig ab und schob sein Rad durch die kleine Fußgängerzone. Es war wenig los, die meisten Inselgäste schliefen wohl noch oder saßen beim Frühstück. Als Mütze an der *Linde* vorbeikam, dem altehrwürdigen Inselhotel, in dem sie in den letzten Jahren zu Gast gewesen waren, sah er einen einzelnen Herrn auf der Terrasse sitzen, der ihm irgendwie bekannt vorkam. Die hohen Wangenknochen, die buschigen Brauen, das energische, leicht nach oben gebogene Kinn, die wettergegerbte Haut. Er mochte Ende vierzig sein, vielleicht auch älter, allerdings mit erstaunlich dunkler und voller Haarpracht. Wo war er diesem Menschen schon einmal begegnet? Dem Herrn wiederum schien Mütze ebenfalls nicht unbekannt zu sein, jedenfalls fixierte er ihn aufmerksam und ihre Augen begegneten sich für einen kurzen Moment.

Dann verschwand Mütze in der nahen Inselbäckerei. Während er in der Schlange stand, ging ihm das Gesicht nicht aus dem Kopf. Er hatte doch sonst ein Gedächtnis wie ein Elefant, warum kam er nicht drauf, woher er diesen Menschen kannte? Zugleich beschlich Mütze ein Gefühl des Unwohlseins, jedenfalls drängte ihn nichts danach, mit dem Mann ins Gespräch zu kommen. Es schien keine erfreuliche Bekanntschaft gewesen zu sein, wenn es überhaupt eine war. Als Mütze mit dem prall gefüllten Brotbeutel am Lenker wieder an der Linde vorbeischob, hörte er den Frühstücksgast schallend lachen und mit dröhnender Stimme rufen: »Mensch Mütze, ist es denn wahr?«

Nun wusste Mütze, wer der Mann war. Ein Mensch kann sich verändern, nicht aber seine Stimme. »Heiko! Heiko van Gehlen!«

»Unglaublich! Komm rauf, setz dich zu mir. – Ober, Champagner und zwei Gläser!«

Heiko van Gehlen. Sie hatten zusammen die Schulbank gedrückt, auf ihrer alten Dortmunder Penne, wie man im Ruhrpott das Gymnasium zu nennen pflegte. Heiko war erst zu ihnen gestoßen, nachdem er in der Mittelstufe eine Ehrenrunde gedreht hatte. Trotz dieses Makels hatte er sich unter seinen neuen Mitschülern schnell ein gewisses Ansehen erworben, denn er akzeptierte keine Autoritäten und begegnete den Lehrern mit Spott und sogar unverhohlenem Sarkasmus. Diese Freiheiten konnte er sich herausnehmen, weil sein alter Herr ein hohes Tier bei den Nickelwerken war und die Schule kräftig unterstützte. Die Vereinigten Nickel-Werke waren ein echtes Großunternehmen, nicht so groß wie Hoesch oder Krupps, dafür aber äußerst erfolgreich. Ein väterlicher Scheck für den Förderverein besänftigte den Schulleiter schnell wieder, wenn Heiko es mal zu bunt trieb. Etwa als er mit zwei seiner Untertanen, wie Mütze und seine engsten Freunde mit deutlicher Verachtung seine Fans nannten, die Ente ihres Geo-Lehrers so zwischen zwei Betonpfosten geschoben hatte, dass dieser weder vor noch zurücksetzen konnte. Nicht nur auf die Lehrer hatte Heiko herabgeschaut, auch auf viele seiner Kameraden. Sie erschienen ihm wie unreife Kinder, die nicht begriffen, wie das System tickte. Mütze war von Heiko ebenfalls stets von oben herab behandelt worden.

»Weißt du noch, wie du versucht hast, DocMü dazu zu bringen, die Schulaufgabe über den Citratzyklus zu verschieben?«

Natürlich erinnerte sich Mütze. Sie hatten in der Woche bereits in Mathe und Deutsch eine Probe geschrieben, eine dritte war laut Schulordnung nicht zulässig. Als Klassensprecher hatte er ihren Chemielehrer darauf hingewiesen. DocMü jedoch hatte nur schallend gelacht.

»Tja, und dann hab ich ihn mir mal vorgenommen und plötzlich ist die Verschiebung kein Thema mehr gewesen.«

Es war nicht auszuhalten. Heiko war immer noch der Alte. Ob man sich nie veränderte? Nicht im Kern seines Wesens? Diese Arroganz, diese verdammte Selbstzufriedenheit.

»Du hattest ihm gedroht, dass er sein Spektrometer nicht bekommt.«

»Gedroht?«

Wieder lachte van Gehlen auf, in einer Art, die Mütze Schmerzen bereitete, ein blechernes, übertriebenes Gelächter, das jedes Gespräch drumherum augenblicklich verstummen ließ. Vielleicht hatte er Heiko auch daran wiedererkannt, dachte sich Mütze. Hatte er damals nicht auf dieselbe Weise über Althaus gelacht? Althaus war ihr Deutschlehrer gewesen, ein feiner, gebildeter, aber an einem naturwissenschaftlichen Gymnasium, das traditionell von Jungen dominiert wurde, ein völlig überforderter Mann, der kurz darauf einem Herzinfarkt erlag. Wie war der arme Kerl rot angelaufen, als beim Aufklappen der Tafel und unter dem Gelächter Heikos ein Pin-up-Girl erschienen war.

»Gedroht! Was für ein hässliches Wort. Wir haben lediglich ein kleines Geschäft miteinander gemacht. Alles im Leben ist ein Geschäft.«

Der Ober kam und wollte den Champagner entkorken.

»Gestatten Sie? Das übernehme ich!«

Mit seiner Linken drehte van Gehlen gekonnt den Draht auf, schüttelte die Flasche kräftig und jagte den Korken in die Krone der alten Linde, so laut, dass die Möwen krächzend davonflogen. Mütze hätte sich am liebsten auf der Stelle wieder entfernt.

»Auf die alten Tage!«, lachte Heiko.

»Auf Spiekeroog«, erwiderte Mütze.

Er kam natürlich viel zu spät. Karl-Dieter war verschnupft. Mütze erklärte ihm in knappen Worten, was ihn aufgehalten hatte. »Es war der größte Idiot unserer Klasse, ein echtes Stinktier.«

»Und warum trinkst du dann Champagner mit ihm?«

»Ist ein Fehler gewesen, kommt nicht wieder vor.« Mütze ärgerte sich über sich selbst. Am meisten wurmte es ihn, dass er auf Heikos Frage, mit wem er seinen Urlaub verbringe, Karl-Dieter erwähnt hatte.

»Ehrlich? Du bist schwul, Mütze?«, hatte Heiko gelacht. »Nein, nein, jetzt sei doch nicht gleich wieder beleidigt, das bist du damals schon immer gewesen. Ist ja nicht schlimm, ganz im Gegenteil. Ich bin ein aufgeklärter Zeitgenosse, ist heutzutage wirklich kein

Problem, das kommt in den besten Familien vor. Komm, trink noch ein Glas.«

Spätestens in diesem Moment hätte er aufstehen und gehen müssen. Das überhebliche Gelaber, der Champagner, all das sollte nur eines sagen: Egal, wie es damals in der Schule gelaufen ist, egal, was du aus deinem Leben gemacht haben magst, zwischen uns bleibt doch alles beim Alten, beim Wettlauf von Hase und Igel. »Ich bin schon da!«, kriegst du von mir nur zu hören oder besser: »Ich bleib für immer hier oben und du für ewig da unten!« Das wird für alle Zeiten so sein, da kannst du dich abstrampeln wie du willst. Und obendrein noch dieser angewiderte Gesichtsausdruck, als ihn Mütze, um das Thema zu wechseln, gefragt hatte, wie es ihm in der Linde gefalle.

»Du glaubst doch nicht im Ernst, dass ich in diesem alten Schuppen logiere? Ich wohne in meiner Yacht am Hafen. Nur zum Sektfrühstück hat es mich hierher verschlagen.«

»Er hat eine eigene Yacht?«, fragte Karl-Dieter, während er sein Ei köpfte.

»Es gibt nichts, was er nicht hat. Bis auf das Abi.«

»Wieso das? Ich dachte, ihr seid in derselben Klasse gewesen.«

»Hat die Prüfungen nicht bestanden, musste er auch nicht, nicht als van Gehlen.«

»Van Gehlen? Doch nicht etwa einer von *den* van Gehlen?«

»Allerdings. Einer von *den* van Gehlen. Geldscheißer«, sagte Mütze verächtlich und biss krachend in sein Krabbenbrötchen. Es wollte ihm nicht schmecken.

Welches Gesetz befahl einem, ehemalige Mitschüler ein Leben lang zu duzen? Und warum sollte man so tun, als ob einen etwas Besonderes mit ihnen verbände? Das war doch nichts als Blendwerk, nichts als dümmste Nostalgie, die man im Nachhinein auf verkrampfte Weise als Kameradschaft verbrämte. Hatte man sich seine Mitschüler etwa aussuchen können? Da wurde eine Zwangsgemeinschaft, von der man froh war, ihr endlich entronnen zu sein, im trügerischen Licht der Erinnerung zu einer Art Familie hochstilisiert. Frieden ihrer Asche. Nichts Grausameres, als auf diese dunkle Lebensperiode angesprochen zu werden.

Jedenfalls empfand Mütze so. Nicht so Karl-Dieter. Er hatte offensichtlich mehr Glück mit seiner Klasse gehabt, so viel, dass er jetzt zum Vorbereitungskreis ihres dreißigjährigen Abijubiläums gehörte, ja, das Klassentreffen war Karl-Dieters Idee. Den Ausschlag gegeben hatte eine schlimme Nachricht, der plötzliche Tod eines Mitschülers, der an metastasiertem Hautkrebs gestorben war.

Diese Unglücksmeldung hatte Karl-Dieter tief schockiert. Schon immer hypochondrisch veranlagt, hatte er sogleich damit begonnen, seine Leberflecken zu beobachten. Mütze musste alle zwei Wochen ein Foto von seinem Rücken schießen. Karl-Dieter verglich diese Aufnahmen an seinem Computerbildschirm. Und wehe, er glaubte eine kleine Veränderung zu bemerken! Dann wurde er ganz hibbelig und war überzeugt, selbst an Krebs erkrankt zu sein, bis sein Hautarzt Entwarnung gab und Mütze das nächste Foto schoss.

Ein Regisseur vom Theater Erlangen, an dem Karl-Dieter als Bühnenbildner angestellt war, hatte Karl-Dieter geraten, die Ängste durch Aktivität zu besiegen. Die Panik vor dem Krebs speise sich einzig und allein aus der empfundenen Hilflosigkeit dem gegenüber, was eine Entgleisung der eigenen Körperzellen mit einem machen könne. Hilflosigkeit aber sei ein starker Angstfaktor. »Organisiere ein Klassentreffen. Dann ergreifst du in der Sache die Initiative und kannst der Bedrohung ins Auge schauen.«

Karl-Dieter hatten diese Worte eingeleuchtet, auch, weil der Regisseur zwei Semester Psychologie studiert hatte. Gleich am nächsten Tag hatte Karl-Dieter damit begonnen, den Kontakt zu seinen alten Klassenkameraden herzustellen. Die Jungen ausfindig zu machen, war nicht schwer gewesen, komplizierter war es, an die Adressen der Mädchen zu kommen, die ja oft bei einer Heirat den Namen ihres Mannes angenommen hatten. Karl-Dieter hatte sich von einer zur anderen gehangelt, manchmal hatten die Eltern der Gesuchten helfen können. Karl-Dieter war mächtig stolz, alle verschollenen Mitschüler bis auf drei gefunden zu haben. War es nicht seltsam, dass Mütze zufällig zur gleichen Zeit einen alten Schulkameraden traf?

»Häng dem armen Herrn Zufall bitte nicht jedes Verbrechen an.«

»Ach komm, Mütze. Vielleicht hat dein alter Kumpel auch seine versteckten guten Seiten.«

Was für ein prächtiger Tag! Alles strömte zum Strand. Bald herrschte am Badeabschnitt das lustigste Leben. Karl-Dieter, der es liebte, alles bis ins Detail zu planen, hatte schon vor Wochen im Internet einen Strandkorb reservieren lassen. Nichts Schlimmeres, als vor Wind und Sonne ungeschützt im Sand zu hocken. Mütze hatte vorgeschlagen, eine Strandmuschel zu kaufen. Die koste nur dreißig Euro, ein Strandkorb unverschämte 9,50 € am Tag. Ein Zelt rentiere sich also bereits ab dem vierten Tag. Karl-Dieter hatte nur den Kopf geschüttelt. Das war typisch Mütze, kein Sinn für Romantik. Wahres Strandvergnügen kam doch erst auf, wenn die Umgebungsgeräusche durch den Korb gedämpft wurden und man durch den rechteckigen Ausschnitt nichts anderes sah als blauen Himmel, Strand und Meer.

Mütze riss sich die Kleider vom Leib und stürzte sich in die Wellen. Nachdem er eine Viertelstunde das Meer durchkreuzt hatte, legte er sich zu Karl-Dieter in den Strandkorb und die beiden Freunde dösten vor sich hin. Man verlor ein paar IQ-Punkte im Urlaub, hatte Karl-Dieter mal gelesen, aber war das wirklich schlimm? Zufrieden musste er gähnen und schon war er eingeschlafen.

*

Er war froh, die Landlösung gewählt zu haben. Das Land war entschieden zuverlässiger als das Meer. Doch durfte man auch bei einer Erdbestattung nicht nachlässig zu Werke gehen, zumal auf einer Insel wie Spiekeroog, auf der gar keine Erde existierte und flüchtiger Sand der eigentliche Herrscher war. Sand erschien manchem vielleicht für die Beseitigung einer Leiche ideal, weil sehr leicht wegzuschaufeln. Das stimmte und stimmte nicht. Bei Sand bestand nämlich das Problem, dass er immer wieder in die Grube zurückrieselte. Man bekam einfach keinen stabilen Schacht hin. Der Lehm auf dem Festland war zwar schwer und schmatzte, wenn man in ihm grub, dafür brachen die Seitenwände nicht zusammen. Sand jedoch verabscheute klare Linien, alles wollte er weichzeichnen, er liebte das Runde, liebte Kurven und Hügel, nicht aber die Gerade und schon gar nicht die Senkrechte. Ein Vorteil des Sandes war wiederum, dass man nach getaner Arbeit die Spuren schnell wieder verwischen konnte, was bei einem Lehmgrab deutlich schwieriger war.

Sehr wichtig, ja vielleicht das Wichtigste überhaupt, bei einer Inselbestattung war die Wahl des Standorts. Dabei konnte man die größten Fehler machen. Manch einer wäre vielleicht auf die Idee gekommen, die dem Dorf abgewandte Seite einer Düne, also die Seeseite, für die Beerdigung im Sand zu wählen. Davon ist jedoch dringend abzuraten. Dünen waren unglaublich dynamisch, selbst wenn die ein oder andere Festlandsratte sie für Berge halten mochte. Sie bewegten sich, wanderten mit dem Wind, der die feinen Sandkörner mit nie nachlassendem Eifer über sie hinwegwehte, um sie auf der windabgewandten Seite wieder abzulegen. Begrub man eine Leiche an der Seeseite einer Düne, so würde mit ziemlicher Sicherheit in kürzester Zeit ein Arm oder Bein unschön heraushängen. Wählte man hingegen die Dorfseite, so wurde der Körper immer tiefer durch den Sand verschüttet. Natürlich würde irgendwann einmal die Düne komplett über ihn hinweggewandert sein und die Knochen würden auf der anderen Seite wieder auftauchen, das war jedoch ein Jahrhundertwerk. Mord verjährt zwar nicht, bei einem hundert Jahre alten Skelett aber würde sich kein Kommissar der Welt auf Mörderjagd begeben. »In der Hölle findet jede Strafverfolgung ihr Ende«, lachte er in sich hinein.

*

Als sie aufwachten, war die Sonne ein gutes Stück weitergewandert, allerdings brannte sie immer noch heiß vom Himmel.

»Komm schon, Knuffi, einmal musst auch du ins Meer!«

»Aber nur bis zu den Knien.«

So sehr Karl-Dieter das Meer liebte, so viel Respekt hatte er vor ihm. Er hatte mal davon gehört, ein einfacher Wadenkrampf könne ausreichen, um zu ertrinken, selbst im flachen Wasser.

»Ich bin doch mit dabei«, lachte Mütze.

Karl-Dieter sagte nichts dazu. Auf Mütze war Verlass, keine Frage, gelegentlich aber wurde er übermütig und vergaß die Welt um sich. Bis Mütze daran dachte, sich nach ihm umzudrehen, war es vielleicht schon zu spät. Jemanden zu finden, der plötzlich untergegangen war, weil ihm ein Wadenkrampf die Beine weggerissen hatte, war in dem bewegten Nordseewasser kaum möglich. Alles schäumte und zischte, die aufsteigenden Luftblasen eines Ertrinkenden würde kein Mensch wahrnehmen. Nein, nein, hübsch vorsichtig bleiben, man musste dem Meer mit Respekt begegnen.

So liefen die beiden Freunde gemeinsam bis zum Spülsaum, wo Karl-Dieter noch einige Schritte machte, um schon bald zu beschließen, dass er weit genug im kühlen Nass stand. Mütze drehte sich lachend zu ihm um, bespritzte ihn mit einer Handvoll Wasser und warf sich dann in die schäumenden Wellen, um mit ein paar kraftvollen Stößen hinauszuschwimmen. Als er nach einer Viertelstunde zu Karl-Dieter zurückkehrte, bemerkte er ein knallrotes Gummiboot, das von einem lärmenden Außenbordmotor getrieben auf die Küste zuhielt. Gut fünfzig Meter vor dem Erreichen des Badestrands wurde der Motor ausgestellt und das

Boot trieb lautlos auf den Strand zu, um nicht weit entfernt von Mütze und Karl-Dieter sanft über den Sand zu schlittern.

»Ahoi!«, rief es fröhlich von dort und als der Mann seinen Panamahut abnahm, um ihn grüßend zu schwenken, erkannte Mütze, wer der Mann mit dem energischen Kinn war, der da neben seiner superblonden Begleiterin im Boot saß. Bitte nicht, dachte Mütze, bitte lass mich in Ruhe!

Zwar gab es nicht genügend freie Plätze vor der Strandbar, mit einem zugesteckten Scheinchen aber regelte Heiko das Problem diskret und die Bedienung schleppte eilfertig einen Tisch aus dem Inneren des Gebäudes und stellte vier Stühle dazu. Mütze sah's mit Grausen. Warum nur hatte Karl-Dieter nicht protestiert? Ganz im Gegenteil, er hatte die Einladung auf ein Gläschen freudestrahlend angenommen.

»Sie müssen der Mann von Mütze sein?«, hatte van Gehlen ihm noch aus dem Boot heraus zugerufen und Karl-Dieter hatte freudig überrascht genickt. Es war genau diese Formulierung, die Karl-Dieter hatte schwach werden lassen, das war Mütze sofort klar gewesen. »Sie müssen der Mann von Mütze sein!« Der Mann, nicht sein Freund. Natürlich hatte Karl-Dieter das gefallen.

»Komm, jetzt sei nicht so, die beiden sind doch ganz nett«, hatte Karl-Dieter Mütze zugeflüstert, als sie sich am Strandkorb umgezogen hatten.

Und nun saßen sie zu viert vor der Strandbar und stießen an. Mütze hatte darauf bestanden, die Runde zu übernehmen, alles andere hätte sein Stolz nicht zugelassen. Außerdem gab es keinen teuren Schampus hier draußen. Er hatte sich ein Weißbier einschenken lassen, Heiko hatte sich angeschlossen, mit gönnerhaftem Unterton, wie Mütze fand. Okay, weil du es bist, lass ich mich herab, dieses Proll-Getränk zu trinken. Karl-Dieter und Sabine, Heikos blonde Freundin, tranken alkoholfreie Cocktails, die in fantasievollen Farben in der Sonne glänzten.

»Ich mag Männer, die auf Alkohol verzichten«, sagte Sabine und blinzelte Karl-Dieter schalkhaft zu, was diesen leicht verlegen machte.

Verstohlen kniff Mütze die Augen zusammen. Wie alt mochte diese Sabine sein? Ging glatt als Heikos Tochter durch. Sie war hübsch, zugegeben, und sie wirkte nicht unsympathisch, was Mütze noch schwerer fiel, sich einzugestehen. Zumindest gab sie sich große Mühe, sympathisch rüberzukommen.

»Ich mag schwule Männer, sie haben oft sehr gute Umgangsformen«, sagte sie nach dem zweiten Zug an ihrem Hawaii-Strohhalm. »Schaut doch meinen Heiko an, Geld hat er, aber hat er auch Manieren?«

Es sollte scherzhaft gemeint sein, Heikos Lächeln fiel jedoch etwas säuerlich aus. »Auf die Liebe!«, rief er.

Klar, er hielt es keine Sekunde aus, mal in der Defensive zu sein, dachte sich Mütze, als sie die Gläser klingen ließen. Gleich muss er die Initiative ergreifen, genau wie auf der Penne vor zwanzig Jahren. Oder waren es schon dreißig?

»Erzähl mal, wie war Mütze denn so als Schüler?«, fragte Karl-Dieter interessiert.

»Mütze? Mütze habe ich immer bewundert, ehrlich, nein, nein, kein Witz! Hast du vielleicht nicht mitbekommen, Mütze, und ich hätte auch alles getan, damit das nicht passiert. Doch jetzt kann ich's dir ja sagen, es war komisch, ich habe dich bewundert und zugleich gehasst.«

»Aber Schatz!«, erschrak Sabine, »was sagst du denn da?«

»Das war so, das ist die Wahrheit. Konnte Mütze eigentlich ja nichts dafür, nein, überhaupt nicht. Nur, wenn dir dein Vater bei jeder passenden und unpassenden Gelegenheit unter die Nase reibt, was du für ein Versager bist und wie sehr er diesen Mütze schätzt, hätte dir das gefallen? Wie wäre es dir damit gegangen?«

»Ihr Vater, der große Unternehmer, hat Mütze gekannt?« Karl-Dieter war ehrlich erstaunt.

»Klar kannte er Mütze. Auf einem Schulfest, es muss in der Unterprima gewesen sein, hat Mütze meinen Vater gefragt, ob er einen Ferienjob für ihn habe. Die ganzen Sommerferien hat er dann bei uns in den Nickelwerken geschwitzt, für ein paar lumpige Mark. Das hat meinem Vater imponiert. Aber ich schlage doch dringend das allgemeine Du vor. Ich bin der Heiko!«

Den Weißbierchen folgten bald zwei weitere. Es sah tatsächlich danach aus, als könnte es ein lustiger Abend werden. Mütze erzählte, wie er in den Nickelwerken aus langen Eisenblechen Deckel für Salz- und Pfefferstreuer gestanzt und geformt hatte, stundenlang, von morgens bis abends. Manchmal hatte sich ein alter Türke, mit dem er sich angefreundet hatte, an die Stanze gesetzt, immer dann, wenn aus der Coquille frisch gekochter Stahl in die Rinne gegossen wurde, ein Schauspiel, an dem sich Mütze nicht hatte sattsehen können. Infernalisch! Ein echtes Höllenspektakel.

»Weißt du noch, wie ich dich mal bei der Arbeit besucht habe?«, sagte Heiko.

Dieses ewige Weißt-du-Noch. Vielleicht war es der Grund, warum Mütze Klassentreffen hasste. Musste Heiko damit ankommen? Natürlich hatte er diesen Tag nicht vergessen, wie sollte er auch? Warum schmiss das Hirn solche Szenen nicht aus dem Gedächtnis?

»Habe Mütze von seiner Stanze losgeeist, um ihm unseren unterirdischen Schießstand zu zeigen. Das war mein persönlicher Lieblingsort im Werk. Damals wurden die Helme für die Bundeswehr noch aus Stahl hergestellt, eine unserer Spezialitäten. Um die Qualität zu testen, gab es den Schießstand, ein hundert Meter langer Kellerraum. Dort lagerten Gewehre mit unterschiedlichen Kalibern. Man stülpte einen der Helme über einen Holzkopf, setzte sich einen Hörschutz auf und dann ging's los.«

Bei diesen Worten streckte Heiko den rechten Arm aus, als halte er ein Gewehr in den Händen und visiere das imaginäre Ziel über Kimme und Korn. »Bumms!« Er krümmte den Zeigefinger, zugleich bog er sich vor Lachen. »Mensch, was haben wir einen Spaß gehabt, nicht wahr, Mütze?«

Mütze griff wortlos zum Glas und nahm einen tiefen Schluck. Eine Kleinigkeit hatte Heiko vergessen, eine winzige Kleinigkeit.

»Mensch, Mütze, jetzt sei nicht gleich wieder eingeschnappt! Ich weiß schon, das mit den Gesichtern ist etwas heftig gewesen, hat aber doch keiner mitbekommen außer uns beiden. Und außerdem meine ich mich zu erinnern, dass du es gewesen bist, der Lobbo das Hirn weggeschossen hat.«

Das war es ja gerade! Mütze nahm hastig einen weiteren Schluck. Ewig würde er sich dafür schämen. Die Sekretärin des alten van Gehlen hatte auf Heikos Anweisung die Gesichter der Lehrer aus dem Jahresbericht in Lebensgröße herauskopiert, Heiko hatte sie auf die Holzköpfe geklebt und dann die Helme aufgesetzt. Warum hat er sich nur überreden lassen, ebenfalls einen Schuss zu tun? Den Helm auf Lobbos Gesicht traf er zentral über der Stirn, er riss ein fettes Loch hinein. »Volltreffer!«, hatte Heiko gelacht. Mütze aber hatte sich so was von schlecht gefühlt. Auch wenn er Lobbo nicht ausstehen konnte, das entschuldigte nichts.

»Genug der alten Räuberpistolen«, unterbrach Sabine tadelnd, »wir sind schließlich im Urlaub.

Erzähl, Mütze, wo habt ihr euch kennengelernt, ich meine du und Karl-Dieter?«

Mütze überließ es Karl-Dieter, die Geschichte zu erzählen. Zu seiner Erleichterung entschied sich Karl-Dieter für die unverfängliche Kurzversion.

»Nein, wie romantisch, im Schwanenboot«, sagte Sabine, als Karl-Dieter geendet hatte, und strich sich das Haar nach hinten.

Es stellte sich übrigens heraus, dass sie keinesfalls das dumme Blondchen war, das Mütze in ihr gesehen hatte. Sie war gebildet und belesen und kannte natürlich auch Wagners Oper Lohengrin. »Richard Wagner war ein berühmter Komponist«, wandte sie sich in gespieltem Lehrerton an Heiko.

»Wenn ich dich nicht hätte«, erwiderte Heiko und gab ihr einen Kuss, »ich hätte den Typen glatt für Karl-Dieters Automechaniker gehalten.«

Dann hob er sein Glas, um mit Mütze anzustoßen. »Komm, sei nicht so. Ich weiß, du magst mich nicht, gib mir eine Chance. Ich habe dich tatsächlich bewundert.«

»Bewundert, warum?«

»Vielleicht für deine Zähigkeit als Klassensprecher. Du hast immer geglaubt, das Recht würde siegen, und du hast dich von dieser Meinung partout nicht abbringen lassen. Weißt du noch, wie du Lobbo dazu bringen wolltest, diesen Kleinen, der neu in unsere Klasse gekommen war – wie hieß er gleich? – nicht an der Tafel zu exekutieren?«

Auch daran erinnerte sich Mütze. Kurt war mit seinen Eltern vom Land zugezogen, ein schüchterner Junge, der sichtlich fremdelte. Lobbo war ihr Mathelehrer, ein echter Sadist, der sich einen Spaß daraus machte, Schüler schwitzen zu sehen. Mütze hatte geahnt, was Lobbo vorhatte, war aufgesprungen und hatte dafür plädiert, Kurt ein paar Tage Zeit zu lassen, vergebens natürlich. Nur Heiko hätte dem armen Kurt noch helfen können, spekulierte Lobbo doch auf eine erste Computeranlage, wozu er finanzielle Hilfe brauchte. Warum hatte Heiko in diesem Fall nicht geholfen? Weil er alles aus einer Laune heraus tat, nie etwas aus Überzeugung. Er besaß überhaupt keine Überzeugungen. An einem anderen Tag wäre er, um seine Macht aufs Neue zu demonstrieren, Lobbo in die Parade gefahren. Auch das hatte seinen schlimmen Ruf begründet, die Angst, die viele vor ihm hatten: seine Unberechenbarkeit. War ein Mensch berechenbar, im Guten wie im Bösen, fürchtete sich keiner vor ihm. Mal setzte sich Heiko für jemanden ein, mal ergötzte er sich an dessen Leid. Man wusste nie, woran man bei ihm war.

Heiko musste lachen. »Genau das Gegenteil hast du mit deinem Einsatz erreicht. Nie hat Lobbo mit größerer Freude einen Schüler zerlegt. Ist Mütze immer noch so ein guter Mensch, Karl-Dieter?«

»Ich weiß nicht«, sagte Karl-Dieter, »ist ein Kriminalkommissar ein guter Mensch?«

»Oho«, pfiff Heiko mit gespielter Hochachtung. »Kriminalkommissar! Da muss ich ja richtig aufpassen.

Und mir erzählt er, er sei Beamter. Aber egal, lasst uns auf unsere Jugend trinken und auf die alten Zeiten. Die Erinnerung ist das einzige Paradies, aus dem wir nicht vertrieben werden können, wer hat das noch gesagt?«

Langsam senkte sich die Sonne. Wärmer leuchteten ihre Strahlen und tauchten alles in dieses friedliche Licht, das man nur auf den Inseln findet. Karl-Dieter sah auf die Uhr. Er musste aufbrechen, das Fischgeschäft würde gleich schließen. Er hatte sich fest vorgenommen, möglichst oft zu kochen und mit einem Seeteufel würde er am ersten Abend beginnen.

»Lasst euch nicht stören«, sagte er und an Mütze gewandt: »Du brauchst nicht mitzukommen. In zwei Stunden ist das Essen fertig.«

Mütze wollte sich protestierend erheben, aber Sabine legte ihm, während sich Karl-Dieter von Heiko verabschiedete, sanft die Hand auf die Schulter und flüsterte ihm zu, er habe einen guten Einfluss auf Heiko, er solle doch bitte bleiben.

»Zeigst du mir euren geheimnisvollen Fischladen?«, sagte sie zu Karl-Dieter und hakte sich fröhlich bei ihm unter.

»Noch ein Bier?«

»Aber klar doch«, sagte Mütze.

Heiko stand auf und verschwand in der Strandbar, Mütze sah ihm hinterher.

Guter Einfluss? Wie hatte seine Freundin das gemeint? Sie kannte ihn ja nicht einmal. Ob sie nur einen

Vorwand gesucht hatte, um mit Karl-Dieter allein zu sein? Ach was, Blödsinn, warum sollte sie das tun? Guter Einfluss! Mütze schüttelte still den Kopf. Niemand hatte Einfluss auf Heiko. Das war's ja gerade. Er war völlig unbelehrbar, folgte nur seinen eigenen Launen. Er konnte sich nicht vorstellen, dass sich das geändert hatte.

Mit einem Tablett, auf dem er zwei Weißbiere jonglierte, kam Heiko zurück. Außerdem hatte er noch zwei Schnäpse dabei. »Küstennebel, musst du probieren!«

Mit einer raschen Handbewegung stürzten die Männer das Zeug hinunter.

»Weißt du noch, damals haben wir ständig Apfelkorn getrunken. Bah, wie haben wir diesen klebrigen Fusel nur runterbekommen? Auch auf der Abifeier hatten wir eindeutig zu viel davon.«

Die Abifeier. Mützes Blick verdüsterte sich. Das Fest war in einer Katastrophe geendet.

Die Villa von Heikos Eltern. Van Gehlens bewohnten ein weitläufiges Anwesen im schicken Dortmunder Süden, oben auf dem Haarstrang, wo man über das Ruhrtal hinweg bis zum Sauerland sehen kann. Heiko hatte, obwohl er durchgerasselt war, daran festgehalten, die Party auszurichten. Vermutlich hatte er auf lässige Weise demonstrieren wollen, wie herzlich egal doch so ein Abizeugnis war. Alle waren sie in der Uniform der damaligen Zeit erschienen, in Jeans, T-Shirts und zertretenen Turnschuhen. Der alte van Gehlen hatte sich nicht lumpen lassen. Ein üppiges Büfett hatte man auf der Terrasse aufgebaut, von dem sie sich kräftig bedienten, dazu leerten sie ein Fässchen nach dem anderen. Der Tag war sonnig. In dem weitläufigen Garten, eher ein Englischer Landschaftspark, ließen sie sich auf dem gepflegten Rasen nieder und feierten bis tief in die Nacht. Farbige Lampions und Fackeln tauchten Park und Terrassen in ein festliches Licht, dann tat es einen überraschenden Schlag und ein gigantisches Feuerwerk begann. An nichts hatte man gespart.

Heiko war mitten unter ihnen, aufgeräumt lachend, die üblichen Witze reißend. Niemand hätte gemerkt, dass er durchgerasselt war. Fast hatte man den Eindruck, er feiere aus lauter Mitleid mit. Denn während sich seine Klassenkameraden mühsam durch ein Studium würden schlagen müssen, hatte er solche Strapazen nicht nötig, nicht als van Gehlen. Schulabschlüsse waren doch so was von sekundär. Als armer Hund blieb einem nichts anderes übrig, als sich durch Schulbücher zu quälen und Prüfungen über sich ergehen zu lassen, für jemanden wie ihn, für den Geldverdienen niemals ein Thema sein würde, war ein Abizeugnis völlig egal. Wenn er tatsächlich studieren wollte, würde er es eben an einer Privatuni im Ausland tun.

Ja, und auch den Apfelkorn ließen sie reichlich kreisen, einige hatten etwas von dem Zeug mitgebracht.

Als die letzte Flasche geleert war, sagte Heiko, kein Problem, Nachschub würde gleich geliefert. Mütze konnte sich noch an jede Einzelheit erinnern, als Heiko zurückkam und diese schrecklichen vier Worte sprach. Die Fackel, die ihre Gesichter beschien, das ungläubige Schweigen, das Warten auf den Moment, an dem Heiko grinsen und sagen würde, er habe nur einen bösen Scherz gemacht. Darauf aber warteten sie vergebens. Heikos Gesicht blieb unbewegt, seine Augen kalt. Nüchtern wiederholte er, was er gesagt hatte: »Manni hängt im Keller!«

Dann stürzten sie los, Mütze vorne mit dabei, die gewendelte Marmortreppe zum Kellergeschoss hinunter. Manni hing im Fitnesskeller, einen Strick um den Hals. Sein Körper schaukelte noch leise, neben seinen Füßen lag ein umgestoßener Stuhl. Mütze packte sich die Beine und hob ihn hoch. »Schnell, schneidet ihn ab!« Keiner reagierte, vor Schreck waren alle erstarrt. »Jetzt macht endlich«, rief Mütze. Heiko war es dann, der sich auf den Stuhl stellte und Manfred den Strick über den Kopf zog. Mütze versuchte es mit Mund-zu-Mund-Beatmung, so lange, bis der Notarzt eintraf. Mit Blaulicht fuhr man Manni ins Bergmannskrankenhaus, zu spät. Manni war tot.

Er hatte sich umgebracht. Jedes Fremdverschulden hatte die Staatsanwaltschaft ausgeschlossen. Eine latente Depression war vermutlich der Grund für die Tat, vielleicht auch eine gewisse Orientierungslosigkeit, dazu der ungewohnte Konsum von Alkohol, der ihm seine letzten Hemmungen genommen haben musste.

»Er ist in dich verliebt gewesen«, sagte Heiko und fixierte Mütze genau.

»Wie bitte?«

»Manni ist in dich verliebt gewesen.«

»Was erzählst du für eine Scheiße?«

»So war es.«

»Und woher willst du das wissen?«

»Ich hab den Brief gelesen.«

»Was für einen Brief?«

Völlig aufgewühlt hatte sich Mütze dafür entschieden, den Weg zurück am Strand entlang zu machen. Die Nacht war längst angebrochen, die weißen Schaumkronen der anrennenden Wellen aber waren noch deutlich zu erkennen. Was für ein Schuft, was für ein Schweinehund! Warum hatte er das getan? Warum musste er ihm das erzählen, nach all den Jahren? Wie abgrundtief falsch dieser van Gehlen war, wie er sich verstellt hatte! Hatte einen weiteren Küstennebel hinuntergestürzt und sich vielmals entschuldigt und ganz zerknirscht von einem Dummen-Jungen-Streich gesprochen, von einem Riesenfehler. »Ich habe die Tragweite einfach nicht erkannt, Mütze, bitte, glaub mir doch. Komm, ich hol uns noch einen Schnaps.« Tragweite nicht erkannt! Lächerlich! Auch mit neunzehn weiß man, was man macht. Sicher, den Suizid hatte er nicht vorhersehen können, wohl aber die menschliche Katastrophe. Und alles aus den niedrigsten Motiven heraus. Weil Manni nicht ihm, sondern Mütze die Lösungen der Matheprüfung zugeschoben hatte. Dafür hatte sich Heiko gerächt. Auf perfide Weise gerächt.

Mütze schüttelte den Kopf, während er durch den Sand stampfte. Er hätte schreien mögen. Manni wäre heute am Leben, wenn dieser Schurke nicht gewesen wäre. Etwas anderes aber quälte Mütze, quälte ihn fast noch mehr. Wie war es mit ihm selbst? Trug nicht auch er Schuld an Mannis Tod? Hätte er nicht merken können, merken müssen, wie es um Manni stand? Dass Manni in ihn verliebt gewesen war? Die Klassenfahrt nach Rom, als Manni schüchtern gefragt hatte, ob er schon einen Zimmergenossen habe; die verflixte Vektorrechnung, als Manni sich angeboten hatte, vorbeizukommen, um ihm die Sache zu erklären; die Sache mit dem Buch von Hermann Hesse - wie hieß es noch gleich? -, das ihm Manni zum Lesen ausleihen wollte, um seine Meinung dazu zu erfahren. Mütze verhielt sich bei all diesen Kontaktversuchen stets freundlich, aber distanziert. Manni interessierte ihn einfach nicht besonders. Auch wenn er sich damals schon sicher gewesen wäre, dass er sich nur für Männer interessieren würde, was nicht zutraf, hätte er mit Manni nichts angefangen. Da war nun einmal kein Funke übergesprungen. Manni war ein netter Junge gewesen, keine Frage. Doch das allein reichte eben nicht.

Und dann die Sache mit dem Brief. Wie lange mochte Manni sich damit abgequält haben, welche Ängste, welche Hoffnungen mochte er beim Schreiben empfunden haben? Dann hatte er seinen ganzen Mut zusammengenommen. Es war bei der Physikprüfung gewesen, dem letzten Teil des Abis. Mütze war kurz mal aufs Klo, die Formelsammlung aus dem Socken zu ziehen, als Manni ihm den kleinen Umschlag unauffällig auf den Tisch schob, auf dem Weg nach vorne zum Pult, um seine Arbeit abzugeben. Heiko bekam das mit. Er hoffte, die Lösungen in dem Brief zu finden und angelte ihn sich unauffällig, bevor Mütze zurückkam. Darin waren aber keine Lösungen, darin stand ein Bekenntnis. Seine Liebe hatte ihm Manni darin offenbart, all seine Gefühle, die er schon so lange für Mütze hegte.

Mütze griff nach einem ausgewaschenen Stück Holz und schleuderte es in die Wellen. Er bekam einen solchen Hass, wenn er daran dachte, dass Heiko das alles gelesen hatte. Was für einen Mut ein Outing bedeutete, zumal in jenen Jahren, das konnte keiner ermessen. Und dann das! Statt den Brief schnell wieder zurückzulegen, hatte Heiko ihn einfach verschwinden lassen. »Ich war ja so was von überrascht, verstehst du Mütze? Ich hätte doch niemals mit so etwas gerechnet, mitten in der Prüfung! Außerdem war die Aufsicht misstrauisch geworden, was hätte ich tun sollen?« Gerechnet oder nicht. Heiko hätte ja noch Zeit gehabt, Zeit bis zum Wochenende, für das die Party angesetzt war. Er hatte sie verstreichen lassen. »Hab Mannis Brief wohl einfach verdrängt, hab ihn nicht richtig ernst genommen.« Wie konnte man einen solchen Brief nicht ernst nehmen? Das war doch nichts als eine dumme Ausrede, davon war Mütze überzeugt. Heiko hatte mit voller Absicht gehandelt, hatte sehen wollen, wie da jemand in sein Unglück rannte. So war er. Ein kalter Beobachter, der menschliches Verhalten sezierte wie ein Insektenforscher einen Käfer.

Mütze ging zum Meer, nahm eine Handvoll Wasser und schüttete es sich ins Gesicht. Ach Manni und sein Plan! Das rührende, das typische Coming-Out eines heranwachsenden Jugendlichen. Heiko schien noch alle Einzelheiten des Briefes zu wissen. Sprach nicht auch das dafür, dass er mit voller Absicht gehandelt hatte? Manni hatte geschrieben, Punkt Mitternacht würde er auf ihrer Abiparty mit einem Glas auf die Terrasse hinausgehen. Wenn Mütze seine Gefühle teile, bräuchte er nichts zu sagen, kein Sterbenswörtchen. Er solle einfach mit seinem Getränk neben ihn treten und mit ihm anstoßen. Das sei das Zeichen, das Zeichen für ihren Bund. Wenn er sich jedoch täusche, wenn er sich vergebens Hoffnungen mache, solle Mütze den Brief zerreißen. Dann würde er das Glas allein leeren und nach Hause fahren, betrübt zwar, vielleicht auch verzweifelt, aber um eine Erfahrung reicher.

Als Heiko ihm das gebeichtet hatte, es musste nach dem vierten Küstennebel gewesen sein, war Mütze aufgesprungen und hatte Heiko ohne jedes weitere Wort sitzen lassen. Was zu viel war, war zu viel! Er hatte Heikos Gegenwart keine Sekunde länger ertragen, diese falschen Selbstbezichtigungen, diese inszenierte Show. Ja, Mütze war überzeugt, Heiko hatte alles ganz genau vorbereitet, damals wie heute. Nichts überließ er dem Zufall, damals genauso wenig wie heute. Wieder hatte er sich dafür interessiert, wie ein Mensch reagiert, wenn man ihn fassungslos macht, wieder hatte er jemanden für eines seiner psychologischen Experimente benutzt. Das war es. Mütze kam sich benutzt vor. Als Figur in einem üblen Schachspiel. Als Erstes hatte Heiko Manni geopfert, und jetzt war er an der Reihe.

Als Mütze die Düne erreicht hatte, hinter der sich ihr Quartier befinden musste, wurde ihm klar, dass er einen Fehler begangen hatte. Er hätte nicht aufspringen und wegrennen dürfen, er hätte Heiko seine verdammte Fresse polieren sollen, diesem Arsch. Das wäre die einzig richtige Reaktion gewesen. Was für ein scheinheiliger Lügner! Nichts an seinem Handeln war unbewusst gewesen, wie er ihm weismachen wollte. Alles war nach einer perfiden Choreografie verlaufen, war Teil eines Plans und dieser Plan hieß: Wie zerstöre ich ein Leben?

Er kam zu spät. Karl-Dieter saß bereits an dem kleinen, hübsch dekorierten Esstisch, die Flasche Silvaner war zur Hälfte geleert.

»Entschuldige«, sagte Mütze, »du hättest mich nicht mit ihm alleinlassen dürfen.«

Während er lustlos in seinem Seeteufel stocherte, erzählte er Karl-Dieter in knappen Worten, was geschehen war. Karl-Dieter war entsetzt und doch mischte sich noch etwas anderes in seinen Blick.

»Weißt du, was ich mich frage«, murmelte Mütze, »hab' ich Manni vielleicht Hoffnungen gemacht? Ich meine, man verliebt sich ja eigentlich nur, wenn man glaubt, bestimmte Signale zu empfangen, die einem Mut machen.«

»Ich weiß nicht, Mütze«, sagte Karl-Dieter leise. Eine schreckliche Geschichte. Was für ein widerlicher Kerl, dieser Heiko. Und doch, war es nicht auch eine großartige menschliche Leistung, endlich reinen Tisch zu machen? Wie lange war er allein mit dieser Schuld herumgelaufen, wie lange mochten ihn die Erinnerungen gepeinigt haben? Die quälende Reue, die Schuldgefühle, all die schlaflosen Nächte. Und nun endlich, nach so vielen verflossenen Jahren, die Beichte, die Chance auf Absolution.

»Reue? Beichte? Absolution? Ich glaub, ich weiß nicht, wovon du sprichst«, sagte Mütze. »Dieser Kerl bereut rein gar nichts. Reue ist ihm so fremd, wie der Sahara der Regen. Das Einzige, was ihn antreibt, ist die Suche nach einem neuen Opfer.«

Karl-Dieter legte sanft die Hand auf Mützes Arm. »Du weißt nicht, was mir Sabine erzählt hat.«

»Sabine?«

Karl-Dieter begann zu erzählen. Sabine hatte sich ihm anvertraut. Sie hatte ihn nicht nur bis zum Fischgeschäft begleitet, sie war mit ihm noch den ganzen Weg zum Westend gegangen. Dabei hatte sie ihrem Herzen Luft gemacht. Sie kenne Heiko seit sieben Jahren, seit drei Jahren seien sie ein Paar. Sie habe lange gezögert, sich näher auf ihn einzulassen, Heiko sei kein einfacher Mensch. Vom Champagnerfrühstück zurückgekehrt habe er ihr offenbart, dass da eine alte Sache zwischen ihm und Mütze sei, eine schreckliche Wunde, die nicht heilen wolle. Deshalb sei sie unter einem Vorwand mit Karl-Dieter verschwunden.

»Sabine ist es gewesen, die Heiko ans Herz gelegt hat, sich dir anzuvertrauen.«

Zwar wüsste sie keine Einzelheiten, Heiko habe ihr nichts Genaues verraten wollen und sie habe ihn nicht gedrängt, was auch nichts gebracht hätte. Er habe da allein durchgemusst.

»Sie hat gespürt, dass Heiko nur durch dich seinen Seelenfrieden finden kann. Verzeihst du ihm nicht, wird seine Qual kein Ende nehmen. Schlaf eine Nacht darüber, dann wirst du vielleicht anders darüber denken.«

*

In der Nacht drehte der Wind. Es gibt nicht nur vier Winde auf Spiekeroog, es gibt zwölf. Mindestens. Frisch und angenehm ist der Westwind, so er sich nicht zu einem Sturm aufschwingt, rau kann der

Nordwind werden und das Wasser tief in die Deutsche Bucht treiben. Der Südwind, der vom Lande kommt, bringt das Meer zur Ruhe, fast wie an einem kleinen Binnensee schwappen die Wellen dann gelangweilt an den Strand. Ähnlich bei Ostwind, der sich im Sommer gern trocken und heiß präsentiert, ein Landwind, der keine Kühlung verschafft und der Gluthitze der Sonne nichts entgegensetzt. An seltenen Tagen aber kann auch der Ostwind Fahrt aufnehmen, kann sich zu einem Sturm steigern, vor allem, wenn ein kräftiges Hoch südlich vorbeizieht und zugleich ein weiteres Hoch seinen Weg von Island nach Skandinavien nimmt. Dann drehen Tief und Hoch an derselben Kurbel, dann beschleunigen sie die Luftmassen in östlicher Richtung, dann pfeift der Wind vom Land zu den Inseln.

Genauso eine Wetterlage war nun eingetreten, ja, der Ostwind drehte noch ein Stück auf Südost und steigerte sich dabei zu einem kleinen Orkan. Der Schornstein des Hauses, in dem Mütze und Karl-Dieter schliefen, fing an zu heulen, die Möwen und anderen Seevögel suchten im Wäldchen Schutz und die Inselbäume, deren Kronen der ewige Nordwest in Richtung Festland gekämmt hatte, gerieten durcheinander. Auch die Sandkörner, die anpassungsfähigen, änderten ihre Flugrichtung. Heftig griff der Südost in die Weichteile der Dünen, wühlte in deren Luvseite, die normalerweise geschützt im Windschatten lag. Hier hatten die Windböen ein leichtes Spiel, ungeschützt lagerte hier der feine weiße Dünensand. Wie ein Sandstrahlgebläse blies es, flogen Millionen und Abermillionen von Körnchen davon, fegte der Sturm über die empfindlichsten Stellen.

Zuerst kam der große Zeh zum Vorschein. Schnell wurden danach seine kleineren Nachbarn freigelegt, dann folgte der Fußrücken, schließlich der Unterschenkel. Als der Wind zum frühen Morgen endlich ruhte, lag auch das kräftige Knie im Licht der aufgehenden Sonne. Mitten aus der Düne stakte das bleiche Bein heraus und zauberte einen langen schwarzen Schatten auf den feinen Dünensand.

Montag

Er hatte schlecht geschlafen. Nicht nur wegen des Sturmgeheuls. In aller Früh stand Mütze auf, schlich sich aus dem Schlafzimmer und warf die Kaffeemaschine an. Während sie blubbernd ihre Arbeit aufnahm, ließ er vom Südfenster aus seinen Blick über die Salzwiesen schweifen, ein schwarzer Fernstecher lag auf dem Fensterbrett bereit, wohl, um Vögel beobachten zu können. Mütze setzte das Glas an und drehte an dem Schräubchen. Die *Spiekeroog II* geriet in seinen Blick. Sie fuhr die Fahrrinne entlang in Richtung Hafen. Dann würde es die Tageszeitungen heute bereits zum Frühstück geben, und wenn es sie nicht gab, störte das keinen Menschen, war man doch auf Spiekeroog *out of time*, wie Karl-Dieter mit einem glücklichen Lächeln stets zu sagen pflegte. Warum konnte es auf der Welt nicht überall so friedlich zugehen wie auf Spiekeroog?

Der innere Friede aber wollte sich dieses Mal nicht einstellen, nicht bei Mütze. Als er zu Bett gegangen war, hatte er noch lange wach gelegen. Seine Gedanken waren zurückgegangen, zum armen Manni und zu dem Abend, an dem ihre Abiparty stattgefunden hatte. Das Bild ging ihm nicht aus dem Kopf, wie Manni um Mitternacht allein mit seinem Glas in der Hand auf der Terrasse gewartet hatte, voller Angst und voller Hoffnung. Als Mütze nicht kam, war Manni runter in den Keller, hatte sich einen Strick gesucht und sich erhängt. Ob Manni den Suizid geplant hatte, für den Fall, dass er seine Liebe nicht erwidern würde? Oder ob es eine spontane Verzweiflungstat gewesen war?

Eine Frage jedoch hatte Mütze mehr noch als alles andere den Schlaf geraubt: Wäre er in der Lage gewesen, den Selbstmord zu verhindern? Hätte er Manni trösten können, wenn er den Brief bekommen hätte? Mütze war sich nicht sicher, wie er reagiert hätte. Schließlich war er damals ebenfalls erst ein selbstunsicherer Pennäler gewesen, der mit einer solchen Situation überfordert gewesen wäre. Zumindest wäre er wohl auf die Terrasse getreten und hätte Manni so schonend wie möglich erklärt, dass es ihm leidtäte, aber dass keiner seinem Herz, diesem verrückten Ding, befehlen könne. Ob das etwas geändert hätte? Ob Manni dann weniger enttäuscht gewesen wäre? Spekulation. Doch es hätte ihn jetzt getröstet, alles versucht zu haben.

Nur schemenhaft erkennbar war eine zweite Erinnerung aufgestiegen, ein seltsam unscharfes und dennoch nicht so vollkommen verschwommenes Bild, dass er die Personen nicht erkannt hätte. Oder bildete er sich das nur ein? Ihm war, als wäre Heiko zu ihm getreten, an jenem Abend, mit zwei Gläsern in der Hand, hätte ihm eines überreicht und mit ihm auf die Zukunft getrunken. Ihm war, als wäre dies auf der Terrasse geschehen, ob um Mitternacht oder deutlich früher, das wusste er nicht mehr zu sagen. Dennoch, das Bild ließ ihn nicht los. Hatte Heiko Manni den Todesstoß versetzt, indem er mit ihm, Mütze, angestoßen hatte? Obwohl er genau wusste, dass Manni in nervöser Sehnsucht auf Mütze gewartet hatte, alleine mit dem Glas in der Hand? Und er hatte ahnungslos, in völliger Unschuld, Heikos perfides Spiel mitgespielt. Vor Mannis Augen! Wie musste der sich gefühlt haben! Nicht nur einsam, nicht nur enttäuscht, schlimmer noch, auf üble Weise verhöhnt.

Immer wieder hatte Mütze, schlaflos im Bett liegend, die dunklen Erinnerungen zurückgedrängt, hatte sich selbst ausgelacht, hatte sich gescholten, an Hirngespinste zu glauben, und immer wieder waren die Bilder zurückgekehrt. Wie es sich tatsächlich verhalten hatte nach all den Jahren, das wusste nur einer. Und dieser eine würde den Teufel tun, ihm die Wahrheit zu erzählen. Denn das war Mütze klar, allen Beteuerungen dieser Sabine zum Trotz, Heiko empfand nicht ein Fitzelchen Reue. Er kannte nur ein Gefühl: die Gefühllosigkeit. Und die Freude daran, jemanden zu quälen.

*

Es gibt die unterschiedlichsten Arten von Spiekeroog-Urlaubern. Der typische Vertreter packt nach einem gemütlichen Frühstück, schönes Wetter vorausgesetzt, seine Siebensachen und schlurft in Badelatschen zum Strand. Hierzu gehören insbesondere junge Familien, deren futuristische Hightech-Strandwagen längst dem guten alten Bollerwagen den Rang abgelaufen haben, aber genauso die rüstigen Großeltern, die ihren Kleinen noch altertümliche Stullen als Strandproviant schmieren und sie mindestens dreimal täglich mit Sonnenmilch zukleistern. Neben der Badestrandfraktion gibt es die gemütlichen Biertrinker, die sich allenfalls bis zur Strandhalle bewegen, um sich dort auf das ein oder andere Bier niederzulassen. Meistens auch auf das andere. Nicht zu unterschätzen ist zudem die Zahl der kombinierten Fitness- und Naturfreunde, die oft schon in Allerherrgottsfrüh aufbrechen, um zum Watt oder zu den Dünen zu laufen, weg von den Menschen und hin zu den einsamen Gegenden, in denen sich seltene Vögel wie der Ödstrandpieper oder die Wattwurmschwalbe wohlfühlen. Genau zu dieser Urlauberfraktion gehörte Ilse Godfroy. Die aktive Mittsechzigerin, liebte ausgiebige Inselspaziergänge und war schon längst unterwegs, wenn sich auf Spiekeroog die meisten Menschen noch ein letztes Mal genüsslich im Bett umdrehten.

An diesem herrlichen Montag hatte Ilse Godfroy beschlossen, durch die Dünen hinaus in den Osten der Insel zu wandern, dorthin, wo sich eine schier endlose Sandwüste erstreckt und der Wasserturm von Wangerooge wie eine Fata Morgana über dem Horizont flimmert. An dem im Sand versunkenen Schiffswrack würde sie sich dann niederlassen, im Schatten der rostigen Bordwand, und gemütlich ihren Apfel verspeisen. Mit fröhlichem Schwung ließ Ilse Godfroy ihre Nordic-Walking-Stöcke klappern, die Stoffmütze gegen die Morgensonne tief in die Stirn gezogen. Den Tranpad entlang wanderte sie an den letzten Häusern des Dorfes vorbei, vorbei auch an den Erholungsheimen und der Inselklinik, wenig später einem kleinen Wegweiser folgend nach links in die ausgedehnte Dünenlandschaft hinein. Ein einsames Kaninchen hoppelte vor ihr über den Weg, dann und wann krähte ein Goldfasan auf einem Hügel, das unscheinbare Weibchen immer im Blick, die Konkurrenz schläft bekanntlich nicht.

Ilse Godfroy durchschritt gerade ein einsames Dünental, als es steil um eine Kurve ging, hinter der sich der Blick öffnete und man weit über hintereinandergestaffelte Weißdünen schauen konnte. Das da aber, was aus der ersten Düne hervorlugte, störte das anmutige Bild erheblich, ja, es zog die Aufmerksamkeit so auf sich, dass alles andere verblasste. Was war es nur, was da aus dem weißen Sand herausschaute? Was hatte sich die Möwe dort für einen seltsamen Sitzplatz ausgesucht? Ilse Godfroy stockte unwillkürlich, dann verließ sie den Weg und ging näher heran. Sollte sich da jemand einen Scherz erlaubt haben? Hatte da einer … nein, das war kein Scherz! Das war echt! Das war, das war … ein menschliches Bein! Ilse Godfroy schrie auf. Mit einem ärgerlichen Krächzen hob die Möwe ab und flog mit kräftigem Flügelschlag über die Dünengipfel davon.

*

Ahsen, der Inselpolizist, saß in der kleinen Polizeiwache am Tranpad, tief über den Schreibtisch gebeugt. Er musste die Statistik für das erste Kalenderhalbjahr erstellen, nicht gerade seine Lieblingsbeschäftigung. Seit mit Herman Hansen ein neuer Polizeipräsident Ostfrieslands Geschicke bestimmte, fiel allerhand an Papierarbeit an. Über der ersten Spalte stand: Gewaltverbrechen. Ahsen zog einen energischen Strich durch den Kasten, wodurch sich auch die weitere Differenzierung in Totschlag, Mord, Vergewaltigung, Raub und Körperverletzung erübrigte. Bei der nächsten Kategorie »Diebstähle« schrieb er feinsäuberlich die Ziffer 3 hinein. Einen Bollerwagen und zwei Fahrräder hatte man entwendet, alle Fahrzeuge hatte er wieder ermitteln und ihren Besitzern zurükkführen können, was sensationelle hundert Prozent gelöste Fälle ergab. Mit zufriedenem Gesicht malte der Inselpolizist die hübsche dreistellige Zahl in ihren Kasten.

Weiter ging's mit Sachbeschädigungen und dieser Punkt grämte Ahsen, kam er bei diesem Delikt doch auf eine Aufklärungsquote von beschämenden null Prozent. In einer Pfingstnacht hatte jemand das auf einem Privatgrundstück aufgestellte Symbolschild eines kackenden Hundes mit dem Aufdruck »No!« durch einen heftigen Tritt verbogen. Da dies der einzige gemeldete Schaden im ersten Halbjahr war und es Ahsen trotz eines dringenden Verdachts – Tourist Maier aus Buxtehude hatte sich wegen der Hinterlassenschaft seines Pinschers tags zuvor den Ärger der betroffenen Pensionswirtin zugezogen – nicht gelungen war, den Schuldigen zu überführen, kam es zu dem bedauerlichen Makel in seiner Spiekerooger Kriminalstatistik. Dafür war bei Betrugsdelikten wieder ein fröhlicher Strich zu ziehen. Ahsen war gerade dabei, unter »Sonstiges« die Zahl der Kurtaxen-Preller zu notieren, als eine äußerst erregte Dame die Tür aufriss und zu ihm hineinstürmte. »Mord!«, rief sie und, »schnell, Herr Inselpolizist, eine Leiche!«

Das schwierigste Unterfangen war es, den Fundort weiträumig abzusperren, damit die Spusi, die mit dem Hubschrauber vom Festland eingeflogen werden sollte, ungestört ihre Arbeit machen konnte und kein weiterer erholungsbedürftiger Tourist mit dem unvermuteten Anblick des Beines konfrontiert wurde. Trotz hektischer Suche fand Ahsen die Rolle mit dem Flatterband nicht mehr, glücklicherweise fand er bei »Nanu-Nana« lange Schnüre, an denen lustige bunte Wimpel baumelten.

»Die Rechnung bitte an die übergeordnete Dienststelle in Esens«, rief er der verblüfften Verkäuferin zu und eilte aus dem Laden.

Dann bat er Ilse Godfroy, auf dem Gepäckträger seines Fahrrads Platz zu nehmen, und schwang sich in den Sattel. Sein ganzer Stolz war sein neues Dienstrad, ein E-Bike, das bis zu einer Geschwindigkeit von 25 Stundenkilometern fast von allein fuhr. Wenn man ihm dazu noch Blaulicht und Sirene spendiert hätte, wäre Ahsen der glücklichste Mensch der Welt gewesen, aber Abteilung 65/c hatte die Sonderausgabe nicht genehmigt mit dem Argument, bei geschätzten ein bis zwei Notfalleinsätzen im Jahr (und dabei hatte Ahsen schon hemmungslos übertrieben) überstiegen die Ausgaben jeden möglichen Nutzen. Auch eine Umlackierung des Rades und die Anbringung des Schriftzugs *Polizei* hatte man abgelehnt, so dass das Rad weiter auf den Namen *Falter* hörte, was natürlich für ein echtes Polizeirad äußerst würdelos klang. Nichtsdestotrotz legte Ahsen ein ziemliches Tempo vor, so dass Ilse Godfroy ihre Arme krampfhaft um seinen Bauch schlingen musste, um nicht hinunterzufallen. Seine Klingel wie eine Sirene einsetzend, rief er: »Aus dem Weg! Polizeieinsatz!«, wenn ihm eine schüppchenbewaffnete Großfamilie den Weg versperrte. Nach nur zehn Minuten hatten sie die Fundstelle erreicht.

»Dort drüben, gleich hinter der nächsten Kurve ist es!«, rief Frau Godfroy vom Gepäckträger.

Wieder saß eine Möwe auf dem Bein. Ob es dieselbe war, die sie schon einmal verscheucht hatte? Bewachte sie hier eifersüchtig ihren Fund? Protestierend flog der Vogel auch diesmal davon. Ahsen stapfte die Düne hinauf, auf deren halber Höhe das grausige Fundstück herausragte.

»Sie haben Recht«, rief er Ilse Godfroy mit Kennermiene zu, »es handelt sich um ein menschliches Bein und zwar um das rechte!«

Dann stieg er wieder ab und zog aus der Gepäcktasche seines Fahrrads die frisch erstandenen Wimpelgirlanden hervor.

»Wenn Sie so nett wären, der Polizei zur Hand zu gehen«, sagte er zu Ilse Godfroy und reichte ihr das Ende einer Girlande.

Vorausschauend hatte er jede Menge kleiner Stäbe mitgenommen, die er sonst zur Markierung des Schlagballfeldes benötigte, dem Nationalsport von Spiekeroog. Die steckte er in regelmäßigen Abständen in den Sand, rund um die Fundstelle. Auch den Weg versperrte er und zwar so, dass kein Fußgänger in Blickweite des Beines geriet. Damit die Absperrung offiziellen Charakter erhielt, klammerte er mehrere seiner Visitenkarten an die Schnur. Dann sah er sich um und war hochzufrieden. Zwar sah das Ganze eher aus wie ein Kindergeburtstag, aber es würde schon seinen Zweck erfüllen. In diesem Moment hörten sie das Knattern eines Hubschraubers, der sich schnell näherte und zur Landung ansetzte, als Ahsen wedelnd seine Arme über den Kopf schlug.

Kommissar Trellenburg war ein alter Fuchs, den man wenige Jahre vor seiner Pensionierung nach Friesland versetzt hatte. Es hieß, dies sei auf eigenen Wunsch geschehen, Gerüchten zufolge aber habe er wegen einer pikanten Affäre mit einer jungen Drogendealerin seinen bisherigen Einsatzort Flensburg verlassen müssen. Als Trellenburg mit der Spusi aus dem Hubschrauber gestiegen war, lobte er Ahsens Improvisationskünste und machte sich daran, Ilse Godfroy zu befragen, während die Spusi mit Klappspaten begann, die Leiche auszubuddeln. Viel konnte ihm die rüstige Seniorin nicht berichten.

»Der Ostwind«, mischte sich der Inselpolizist ein, »gestern Nacht hat ein heftiger Ostwind getobt. Der wird das Bein freigelegt haben.«

»Es ist also nicht auszuschließen, dass die Leiche hier schon länger liegt?«

»Durchaus möglich.«

Trellenburg begab sich zu den beiden Spusi-Leuten. Sie hatten den Toten inzwischen vollkommen vom Sand befreit, er trug schwarze Shorts und ein schwarzes T-Shirt mit einem weißen Pfeil, der nach rechts zeigte. Über dem Pfeil stand: »Der ist schuld!«. Seine Arme waren über und über mit Tattoos verziert. Auf einem war ein Drachen zu erkennen, der in einen Hamburger biss. Mit einer Art Rasierpinsel säuberte einer der Spusi-Männer die Augen- und Nasenpartie. Ein braun gebranntes, wettergegerbtes Männergesicht kam zum Vorschein.

»Raucher«, sagte der andere Spusi-Mann und hob die rechte Hand der Leiche in die Luft. Zwischen den Fingern waren deutliche Nikotinspuren zu erkennen. Trellenburg drehte sich um und winkte Ahsen näher.

Als der Inselpolizist das Gesicht des Toten sah, erbleichte er.

»Sie kennen den Mann?«, fragte der Kommissar.

Ahsen nickte.

Markus Kennemann lebte schon ewig auf der Insel. Nachdem er zunächst gekellnert hatte, draußen im *Old Laramie* und dann in *Sir Georgs Pub*, war er seit einigen Jahren bei der Kurverwaltung beschäftigt. Ihm oblag die Herausgabe der Schlüssel für die Strandkörbe, wozu er in einem kleinen Holzwagen oberhalb des Badestrandes logierte.

»Gab es eine Vermisstenmeldung?«, fragte der Kommissar.

Ahsen schüttelte den Kopf. »Markus lebte allein und hatte seit Freitag für ein paar Tage frei.«

»Alle Achtung! Woher wissen Sie das so genau?«

»Die Strandkorbvermietung ist einer unserer Hotspots.«

Ging es gewöhnlich friedlich auf Spiekeroog zu, so entwickelten sich am Holzwagen der Schlüsselausgabe bisweilen heiße Szenen. Grund dafür waren die in der Saison viel zu knappen Strandkorbressourcen. Wenn ein Gast vergaß, den Schlüssel am Ende der Mietzeit wieder einzuwerfen, was nicht selten vorkam, war der Ärger vorprogrammiert. Auch bestanden einige Urlauber hartnäckig darauf, nur einen bestimmten Strandabschnitt zu akzeptieren und konnten partout nicht einsehen, warum dort kein Korb frei war. Manche wünschten möglichst dicht bei den Spielgeräten zu logieren, andere wiederum so weit es ging von allem Kinderlärm entfernt. Manchmal kam jemand, der mit zornglänzenden Stirnadern seinen Korb umtauschen wollte, weil er das hirnlose Geschwätz aus dem Nachbarkorb keinen Tag länger ertrage, oft kam einer, der protestierte, weil er nicht in der ersten Reihe saß, also mit ungestörtem Blick auf das Meer: »Das habe ich doch bei der Reservierung im Internet ganz klar angegeben, werter Herr Schlüsselmensch!« All diese misslichen Beschwerden und unerfüllbaren Wünsche hatten aus Markus Kennemann mit der Zeit einen echten Misanthropen gemacht, der in jedem Gast, der sich seiner Wagenburg näherte, einen potentiellen Aggressor witterte. Mit an Ruppigkeit grenzender Direktheit wimmelte er alles Bitten gleich im Ansatz ab und verräucherte seine Holzbude so intensiv, dass jeder Abstand hielt, dem seine Gesundheit wichtig war. Man konnte sagen, dass es kaum einen weniger beliebten Insulaner auf Spiekeroog gab, zumindest bei den Touristen.

»Und bei den Insulanern?«, hakte Trellenburg nach.

»Markus war eben Markus. Er war, wie er war, und das war gut so.«

»Klingt aber nicht wie eine Liebeserklärung.«

»Ach wissen Sie, Herr Kommissar, wir auf Spiekeroog stellen keine großen Fragen. Jeder lebt hier nach seiner Fasson und das akzeptieren wir.«

»Nach welcher Fasson lebte denn Herr Kennemann?«

»Er war ein Eigenbrötler, ging selten aus. Saß oft schweigend irgendwo in den Dünen und rauchte. Aber Feinde, nein Feinde hatte er keine, ganz bestimmt nicht, Herr Kollege - ich darf doch Kollege sagen?«

Das Leben eines Spiekerooger Inselpolizisten war einsam. Zumindest in kollegialer Hinsicht. Doch mehr als einen Inselpolizisten brauchte es nun wirklich nicht, Wirtschaftlichkeitsberechnungen zufolge waren 0,027 Inselpolizisten vollkommen ausreichend, und nur, weil das Niedersächsische Innenministerium großzügig aufrundete, gab es überhaupt noch einen Polizisten. Ahsens einziger Kollege, der ihm in den letzten Jahren beigestanden hatte, hieß Mütze. Ohne weitere Hilfe hatten die beiden alle vier Spiekerooger Mordfälle gemeinsam gelöst. Einer Kette von Zufällen war es zu verdanken gewesen, dass Mütze, der ja tief unten in Franken, in Erlangen, als Kommissar ermittelte, auf Spiekeroog ausgeholfen hatte. Damit aber war nun Schluss. Jetzt war Kollege Trellenburg zuständig, auch mit ihm würde er professionell zusammenarbeiten, das schwor sich Ahsen.

Trellenburg kniete sich noch mal zu der Leiche nieder und verscheuchte eine Fliege, die über ihre rissigen Lippen lief. »Lässt sich schon was zur Todesursache sagen?«, fragte er den Chef der Spurensicherung.

Dieser wedelte mit seinem Pinsel über Kennemanns rechte Schläfe, auf die sich bereits wieder eine Sandschicht gelegt hatte. Eine hässliche Verletzung kam zum Vorschein, geronnenes Blut und eine tiefe Delle im Schädelknochen.

»Vermutlich ist er erschlagen worden«, sagte der Mann von der Spurensicherung, »so, wie die Wunde verläuft, mit einem kantigen Gegenstand und von einem Linkshänder.«

Der Kommissar nickte. »Fliegt ihn zur Rechtsmedizin nach Hannover, sagt dem Prof, ich rufe ihn gleich morgen früh an.«

Trellenburg war zackiges Arbeiten gewohnt, zackiges Arbeiten erwartete er auch von seinen Mitarbeitern: »Ahsen, Sie kennen sich hier am besten aus. Pflügen Sie das Dorf um und finden Sie heraus, wer Kennemann zuletzt gesehen hat und wer was Näheres über ihn weiß.«

*

Mütze und Karl-Dieter hatten den Hubschrauberlärm gehört, sich jedoch nichts weiter dabei gedacht. Als der wieder abhob und Richtung Festland davonflog, waren die beiden Freunde gerade am Strand unterwegs, um ihren Strandkorb in Beschlag zu nehmen. Von ihrer Ferienwohnung aus mussten sie zwar ein gutes Stück laufen, um den Badestrand zu erreichen, doch dieses Plus an Bewegung kam ja nur ihrer Gesundheit zugute. Karl-Dieter hatte gelesen, dass der Mensch fünfundsiebzig Minuten pro Woche Sport treiben, mindestens aber hundertfünfzig Minuten spazieren gehen solle. Zum Badestrand waren es allein dreißig Minuten, wodurch jede weitere sportliche Aktivität überflüssig wurde und man das Sitzen im Strandkorb mit gutem Gewissen genießen konnte.

Auf Karl-Dieters Wunsch gingen sie am Spülsaum entlang, wo die schönsten Muscheln zu finden waren. Mütze war alles recht. Er war schweigsam und hing seinen Gedanken nach. Je mehr er über das nachdachte, was sich vor über dreißig Jahren auf ihrer Abiparty ereignet hatte, desto überzeugter war er davon, dass er Heiko zur Rede stellen musste. Er hatte ein Recht darauf, zu erfahren, was an dem Abend tatsächlich passiert war. Was, wenn Heiko nicht allein den Brief unterschlagen, sondern das böse Spiel auf die Spitze getrieben hatte, indem er das Glas ergriffen hatte, um direkt vor Mannis Augen mit ihm anzustoßen? War es so? Oder bildete er sich das nur ein? Konnte es sein, dass sein Gedächtnis ihm einen Streich spielte, wie Karl-Dieter vermutete, dem er beim gemeinsamen Frühstück von seinem Albtraum erzählt hatte? »Einem Menschen, von dem man einmal schlecht behandelt worden ist, schiebt man automatisch jede Gemeinheit in die Schuhe«, hatte Karl-Dieter behauptet. Die Objektivität sei dahin, so sei das nun mal, selbst bei einem knallharten Kommissar.

Mütze sah zum Horizont hinaus, über den unaufhörlich eine Kette von Containerschiffen balancierte. Darüber hatte sich ein hässlicher schwefelgelber Streifen gelegt, vermutlich der Qualm der Schiffsmotoren, die, kaum hatten sie den Hafen verlassen, aus Geiz dreckigstes Schweröl verheizten. So viel Dreck wie vierhunderttausend PKW stoße ein einziges Schiff aus, hatte er mal gelesen.

Mütze rieb sich die Augen. Vielleicht hatte Karl-Dieter Recht, dass er sich irrte, vielleicht aber auch nicht. Und was dann?

Sie hatten den Badestrand erreicht, auf dem es bereits fröhlich zuging. Zwei Kindermannschaften mit gelben und roten Leibchen schlugen mit einem Stock nach einem kleinen Ball und rannten ständig schreiend hin und her, Väter ließen mit ihren Sprösslingen Drachen steigen, die der auffrischende Seewind zu Pirouetten zwang, zwei kleine Mädchen sprangen durch Pfützen, welche die aufsteigende Flut mit Wasser füllte, zwei Jungen im besten Krebsfischeralter zogen ihre Köcher durch einen Priel. Die meisten aber beteten die Sonne an und lagen faul im Sand oder saßen in ihren Zelten oder Strandkörben und genossen den herrlichen Tag.

Auch Karl-Dieter freute sich darauf. Doch als sie vor ihrem versperrten Korb standen, merkte er zu seinem Verdruss, dass er das kleine Schlüsselchen nicht mehr fand. Er hatte es wohl daheim in der Ferienwohnung liegen gelassen. So was Dummes! Vielleicht konnte man ihnen einen Ersatzschlüssel geben. So gingen die Freunde zu der Randdüne hinüber und stiegen über einen schmalen Weg zu der Anhöhe hinauf, hin zu dem Wagen mit der Schlüsselausgabe. Der Wagen aber war versperrt. »Wegen eines Todesfalls heute geschlossen«, stand auf einem Zettel, »wir bitten um Ihr Verständnis.«

Mit energischen Schritten pflügte Mütze durch die Wellen, um sich dann in die Fluten zu stürzen. Das Wasser hatte die 20-Grad-Marke geknackt, für die Nordsee ganz ordentlich. Mütze kniff die Augen zusammen und tauchte durch die nächste Welle. Er brauchte dringend einen klaren Kopf. Kraulend schwamm er hinaus, bis zu dem Ende des Badebereichs, der durch eingenetzte Bälle markiert war. Gerne wäre Mütze noch weiter geschwommen, aber er hatte Karl-Dieter sein Wort gegeben, die Bojen zu respektieren. Er konnte bis zum Grund sehen und das Wasser roch nach Salz und sonst nichts. Mütze spürte, wie gut ihm das Meer tat. Er legte sich auf den Rücken und streckte die Beine aus, so dass er seine Zehen betrachten konnte.

In Dortmund waren sie bei schönem Wetter immer ins Freibad, hitzefrei hatten sie zu seiner Schulzeit noch bekommen, ein Wort, das heutige Kinder nicht mehr kannten. Knackste damals an heißen Sommertagen der Pausenlautsprecher und die Stimme des Direx begann mit »Achtung, Achtung, eine Durchsage. Nach der vierten Stunde ...«, ging der Rest im allgemeinen Freudengeheul unter. Heiko war nie mit ins Freibad gekommen. Van Gehlens hatten ihren privaten Pool, natürlich mit Gegenstromanlage, Massagedüsen und anderem Hokuspokus. Manni hingegen war einige Male dabei gewesen, Mütze erinnerte sich dunkel daran. Bleich und trotz der Hitze immer frierend aussehend, hatte er auf seinen kleinen Bruder aufpassen müssen, der wegen einer Kinderlähmung Unterstützung beim Laufen benötigte. Manchmal waren die beiden zusammen ins Wasser, allerdings im Nicht-Schwimmer-Bereich, während Mütze mit seinen Kumpels oft am Beckenrand des Zehn-Meter-Turms gesessen und sich gegenseitig zu verschiedenen Kunstsprüngen animiert hatten. Wann hatte sich Manni wohl in ihn verliebt? Und wann mochte er sich diese Liebe eingestanden haben? Sich verlieben und sich das einzugestehen, waren manchmal zwei Paar Schuh.

*

Natürlich wusste auf Spiekeroog bald jeder Bescheid, zumindest die Spiekerooger. Auch ohne soziale Medien funktionierte die Informationsweitergabe auf der Insel perfekt. Man kannte sich, man traf sich, man sprach miteinander. Und war erschüttert, ehrlich erschüttert. Markus? Das gab's doch nicht! Ermordet und verbuddelt? Wahnsinn! Wer machte denn so was? Nicht lange und die ersten Gerüchte waberten über die Insel. Das eine besagte, Markus habe es zu weit getrieben und die Geduld von Strandkorbsuchern überstrapaziert, bis einer die Nerven verloren habe, das andere, bösartige, Markus habe ein Doppelleben geführt und Körbe unter der Hand gegen Bestechungsgelder vermietet, was ihm zum Verhängnis geworden sei. Vielleicht habe man versucht, ihn zu erpressen, beim Versuch, es dem Erpresser zu zeigen, sei er dann erschlagen worden. All diese Gerüchte und Hypothesen entbehrten jeder nachvollziehbaren Grundlage, was aber ihre Verbreitung nicht verhinderte, sondern nur noch anheizte.

*

Ohne seinen Strandkorb hatte Karl-Dieter ein Schattenproblem. Zurückzulaufen, um den Schlüssel zu holen, dafür war es einfach zu heiß. Natürlich hatte er sich so dick mit Sunblocker eingecremt, dass er problemlos einen Monat um die Sonne hätte kreisen können und auch nicht die Spur eines Sonnenbrandes entwickelt hätte. Dennoch hatte er stets die Worte seines alten Hautarztes im Kopf. »Die Haut vergisst nichts!« Und dann war da ja noch das plötzliche Dahinscheiden seines Klassenkameraden, den der schwarze Tod, wie man den Hautkrebs nannte, hinweggerafft hatte. Karl-Dieter schüttelte es, wenn er daran dachte. Krebs sei im Grunde Selbstmord, hatte sein psychologisch geschulter Regisseur nach einer Probe einmal zu ihm gesagt. Der eine jage sich eine Kugel in den Kopf, der andere werfe sich vor einen Zug, wieder andere aber würden sich von ihren Körperzellen auffressen lassen. Ja, es sei sogar noch schlimmer. Die Krebszellen würden einen nicht eigentlich fressen, sie würden die gesunden Zellen an die Wand drücken. Es sei wie mit einem Kuckucksei. Sei der Kuckuck geschlüpft, verdränge er alles und die eigenen Kinder der Bruteltern würden aus dem Nest geworfen: Exitus!

Nein, nein, Sunblocker hin, Sunblocker her, die Sonne musste gemieden werden. So setzte sich Karl-Dieter in den Schatten seines versperrten Korbes und stopfte sich sein Badehandtuch in den Nacken. Das Meer ließ er dabei nicht aus den Augen. Stets verfolgte er den kleinen hellen Punkt auf den Wellen, in dem er Mütze erkannte. Vor zwei Jahren noch hatte er nach einem dunklen Punkt Ausschau halten müssen, nun leuchteten Mützes Haare bereits silbern.

Warum hatte Mütze ihm nie zuvor von Manni erzählt? Das Schicksal des unglücklichen Jungen ging Karl-Dieter nicht aus dem Kopf und er verspürte ein heftiges Mitleid mit ihm. Ein solch dramatisches Ereignis verschwieg man doch nicht, nicht unter engen Freunden. Gut, dass Manni in ihn verliebt gewesen war, hatte Mütze gestern erst erfahren, dennoch, ein Suizid auf einer Abifeier, das ließ einen doch nicht gleichgültig. Drängte es einen nicht danach, immer wieder darüber zu sprechen? Ob sich Mütze auf geheime Weise schuldig fühlte? Hat er etwas gespürt, wofür er sich glaubte, schämen zu müssen? War ihm Mannis Werben nicht völlig entgangen? Karl-Dieter war fest davon überzeugt, dass alle Menschen, die Sympathie füreinander empfanden, durch magische Schwingungen miteinander verbunden waren. Mütze nannte ihn deswegen einen Esoteriker, was Karl-Dieter jedoch vehement zurückwies. Es gab eben Dinge zwischen Himmel und Erde, die der menschliche Verstand nicht fassen konnte. Das hatte nichts mit Esoterik zu tun.

Als Mütze den Fluten wieder entstiegen war und sich abgetrocknet hatte, beschloss er aufzubrechen.

»Wo willst du denn hin?«, blinzelte Karl-Dieter.

»Zu Heiko«, sagte Mütze, »ich muss mir Klarheit verschaffen.«

Karl-Dieters Angebot, ihn zu begleiten, hatte Mütze zurückgewiesen. Es gab Dinge im Leben, da musste man alleine durch. Zudem würde Heiko, so er endlich einmal die Wahrheit sagen würde, dies nicht in Gegenwart eines Dritten tun. Während Mütze den schmalen Slurpad Richtung Dorf lief, mitten durch die grünen, von Sanddorn bestandenen Dünen, versuchte er, sich die richtigen Worte zurechtzulegen. Wie sollte er Heiko dazu bringen, ihm nichts zu verschweigen? Kaum einer besaß mehr Routine im Durchführen von Verhören, das hier aber war eine spezielle Situation. Heiko war durchtriebener als alle Verbrecher. Glatt wie ein Fisch konnte er sein, sich jeder Festlegung entziehen und zugleich jede Gelegenheit nutzen, einem seine giftigen Stacheln ins Fleisch zu stechen.

Mütze hatte gerade die Kreuzung erreicht, an der es in den Tranpad ging, als er eine Klingel hörte. Ahsen! Der Inselpolizist sprang mit leuchtendem Gesicht vom Rad und begrüßte Mütze herzlich.

»Moin, Mütze!«
»Moin, Ahsen!«

Ein Mordfall! Wieder hatte Spiekeroog ein Verbrechen heimgesucht. Ahsen war in Eile gewesen, dennoch hatte er Mütze in aller Kürze erzählt, was passiert war. Das war er dem alten Freund schließlich schuldig. Hastig hatte Ahsen erwähnt, dieses Mal habe ein anderer Kommissar die Ermittlungen übernommen, Trellenburg, ein alter Hase. Es schien ihm etwas peinlich zu sein, dass Mütze dieses Mal außen vor blieb. Dabei war das doch sonnenklar! Mütze hatte ja kein Abonnement als Inselaushilfskommissar. Er war als Urlauber hier und basta.

Natürlich hatte er gerne mit Ahsen zusammengearbeitet und Ahsen mit ihm. Als Polizist aber war es eine Selbstverständlichkeit, in wechselnden Teams zu arbeiten, ja, die Kriminalistik von heute forderte sogar, von eingeschworenen Ermittlungsteams wegzukommen, denn bei diesen würden sich schnell Arbeitsweisen einschleifen, die nicht immer vorteilhaft seien. Es sei wie im modernen Fußball, erfolgreich sei die Mannschaft, bei der jeder mit jedem könne und jeder Auswechselspieler sofort integriert würde.

Mütze schüttelte über solche Erkenntnisse nur den Kopf. Er schätzte die Kontinuität, das blinde Verständnis zwischen vertrauten Partnern. Aber wenn die Wissenschaft zu anderen Ergebnissen kam, musste man sich eben anpassen. Ahsen würde auch unter einem neuen Chefermittler alles tun, den Mord aufzuklären. Denn um einen Mord schien es sich zu handeln. »Eine Leiche, die sich selbst verbuddelt, ist vermutlich eine Seltenheit«, dachte sich Mütze mit zynischem Grinsen, während er durch das Dorf zur Wippspör ging, die zum Hafen führte.

Er hätte gar nicht danach fragen müssen, auch so hätte Mütze Heikos Boot auf Anhieb erkannt. Es war eindeutig das größte und schickste, das in dem kleinen Yachthafen von Spiekeroog auf den Wellen schwappte. Der Rumpf war nicht aus Kunststoff, sondern aus edlen Hölzern gefertigt, der Schiffslack spiegelte sich prächtig in der Mittagssonne, die Reling war aus poliertem Messing, alle Beschläge verchromt, »Beauty Queen« stand in goldenen Lettern am Bug. Am Mastbaum knatterte ein blauer Wimpel, auf dem mit weißem Garn »HvG« gestickt worden war. Mütze dankte dem Hafenmeister und lief über den Steg zu der Yacht hinüber. Auf dem weißgescheuerten Oberdeck lag eine Frau in ihrem kanadischen Deckchair und sonnte sich. Sabine. Als Mütze ihr einen »Guten Tag« wünschte, erhob sie sich mit einer grazilen Bewegung und schob die Sonnenbrille über ihr blondes Haar.

»Mütze!«, sagte sie mit einer Mischung aus Überraschung und Wiedersehensfreude. »Bitte, komm an Bord!«

»Ist Heiko da?«

»Er macht heute einen Landgang, kommt erst am Abend zurück. Aber leiste mir doch etwas Gesellschaft.«

Mütze zögerte einen Moment, dann nahm er das Angebot an und balancierte über die Planke hinüber.

»Tee oder Kaffee? Oder ein Gläschen Sekt?«

Sabine deutete auf einen silbern glitzernden Kühler, in dem eine Champagnerflasche in Eiswürfeln schwamm.

»Ein Kaffee wäre nett.«

Sabine griff zu ihrem Smartphone: »Hector? Einen Kaffee, bitte!«

Kurz darauf kam ein dunkelhäutiger, durchtrainierter junger Mann in weißer Uniform aus dem Bauch der Yacht, eine dampfende Tasse auf dem glänzenden Tablett. »Milch und Zucker?«

»Danke, ich trink ihn schwarz.«

»Ich bin so froh, dass ihr euch wiederbegegnet seid«, sagte Sabine, nachdem der Stewart wieder im Schiff verschwunden war.

»Warum?«, sagte Mütze und nahm einen Schluck Kaffee.

»Warum? Ach, Mütze, dir kann ich es ja sagen, ihr seid ja alte Freunde. Ich mache mir Sorgen um Heiko, große Sorgen.«

»Sorgen? Aber warum?« Mütze lächelte, breitete die Arme aus und sah sich mit großen Augen um, als wollte er sagen, jemand, der eine solche Yacht besitzt, braucht sich doch keine Sorgen zu machen.

»Das ist es nicht«, sagte Sabine mit leiser Stimme, »du weißt, was ich meine.«

Mützes Gesicht verdüsterte sich. Was meinte Sabine? Dass Heiko ein übler Hund war? Dass er den Charakter eines Mistkerls besaß? War es das?

»Du hättest ihn erleben sollen, als er gestern Nacht zurückgekommen ist. So fertig hab ich ihn nie zuvor erlebt. Er hat nicht mehr mit mir gesprochen, wollte nur noch ins Bett. Ich habe auf ihn eingeredet, wie auf einen kranken Hund, bis er mir doch alles erzählt hat. Bitte, Mütze, ich flehe dich an, du musst ihm verzeihen. Und wenn du ihm nicht verzeihen kannst, dann musst du ihm zumindest die Chance geben, sein Unrecht wiedergutzumachen.«

»Wiedergutmachen? Manni ist tot. Was gibt's da wiedergutzumachen?«

»Aber Mütze, das ist ja schon ewig her! Wie alt wart ihr denn? So viel Zeit ist seitdem vergangen, so viele Jahre, Jahrzehnte. Glaubst du nicht, dass er seine Strafe längst abgebüßt hat?«

Mütze beschloss zu gehen. Warum saß er hier und hörte sich das an? Wenn es Sabine so wichtig war, dass Heiko seinen Seelenfrieden wiederbekam, dann sollte sie selbst dafür sorgen. Er war definitiv der Falsche für diesen Job. Er war kein Seelenklempner und er wollte keiner sein. Außerdem hatte er keineswegs den Eindruck, dass Heiko überhaupt etwas bereute. Heiko war überhaupt nicht in der Lage dazu. Reue konnte nur jemand zeigen, der ein Gewissen besaß. Sabine reimte sich da irgendetwas zusammen. Sie spürte, dass er mit Heiko ein Problem hatte und glaubte, eine Verbindung zu der alten Geschichte zu sehen. Völliger Blödsinn! Sie machte sich etwas vor. Natürlich stimmte was mit Heiko nicht, er war ein übler Psychopath, ein Sadist, der Freude dabei empfand, andere leiden zu sehen. Sich das einzugestehen würde jedoch vermutlich bedeuten, auf manches zu verzichten. Auf eine solche Yacht, auf einen Diener, auf einen Champagner im Deckchair.

»Danke für den Kaffee.«

Rasch beugte sich Sabine vor und fasste nach Mützes Hand.

»Ich weiß, er ist ein furchtbarer Mensch gewesen. Aber hat nicht selbst ein Scheusal das Recht auf eine zweite Chance?«

Die plötzliche Berührung war Mütze unangenehm, doch er zog seine Hand nicht zurück. Er würde jedem Menschen der Welt nicht nur eine zweite Chance, sondern auch eine dritte oder vierte geben, wenn er daran glauben würde, dass dieser die Chance nutzen würde. Ob sie ihm überhaupt zustehe, danach würde er nicht fragen, denn verdient hatte Heiko eine solche Chance garantiert nicht. Nur, ob er sie nutzen würde. Als hätte Sabine seine Gedanken erraten, sagte sie in eindringlichem Ton: »Er wird sie nutzen, ganz bestimmt wird er das!«

Auch am Badestrand von Spiekeroog herrschte seit dieser Saison der beste Mobilfunkempfang. Wer wollte, konnte nicht nur mit seinem Nachbarn telefonieren und ihn mit den Berichten über das Inselwetter neidisch machen, sondern zugleich all die immer gleichen und immer wieder schönen Strandfotos in Blitzesschnelle um die Welt schicken oder im Internet nach allen möglichen Dingen googeln, zum Beispiel das Wetter zu Hause, was viele Strandgäste auch ausgiebig zu tun schienen. Karl-Dieter regte sich darüber immer sehr auf. Da fieberten die Menschen monatelang dem Urlaub entgegen, um, kaum am Strand angekommen, doch nur auf den Bildschirm zu starren.

»Vielleicht bilden sie sich fort und schauen sich den Weißen Hai an«, hatte Mütze gewitzelt. Nun saß er selbst da und googelte, was das Zeug hielt, ganz gegen seine üblichen Gewohnheiten und zu Karl-Dieters nicht geringer Missbilligung.

»Wonach suchst du denn?«, fragte Karl-Dieter, der durch einen Seitenblick bereits einen Verdacht hatte.

»Alte Schulfreunde«, brummte Mütze.

Karl-Dieter hatte verstanden, fragte aber nicht weiter nach. Die Sache mit Manni ging Mütze offensichtlich immer noch an die Nieren. Nun blätterte er von Facebook-Seite zu Facebook-Seite, um irgendetwas zu erfahren. Bloß, was?

»Schöne Grüße von Ahsen«, sagte Mütze, ohne von seinem Smartphone aufzusehen.

»O danke! Wie geht's ihm?«

»Ist beschäftigt. Hat wieder eine Leiche gegeben.«

»Oje! Ein Unfall?«

»Ne. Ein Verbrechen, wie es aussieht.«

Karl-Dieter atmete tief durch und sah zum Meer hinaus, das sich so wunderbar blau vor ihnen ausbreitete. Kleine Schaumkronen kräuselten sich darauf, die von einem sanften Nordwest Richtung Strand getrieben wurden. Ein Segelboot glitt in der Ferne dahin, Kinder rannten mit ihren Eimerchen zum Wasser. Sollte das alles nichts als ein Trugbild sein? Wenn sich selbst auf dem friedlichen Spiekeroog die Menschen umbrachten, wo war man dann noch sicher?

»Aber du musst ihm dieses Mal nicht assistieren?«, fragte er Mütze und in seiner Stimme schwang eine leichte Unruhe mit.

»Ne, ne. Ein Kollege ist schon da.«

Mittags gingen die Freunde zur Strandhalle hinauf, um eine Kleinigkeit zu schnabulieren, dabei kamen sie am Wagen vom Schlüsselverleih vorbei, der immer noch geschlossen war. »*Wegen Mordfall geschlossen*«, das wäre ehrlicher, dachte Mütze mit einem bitteren Grinsen. An der Kasse des beliebten Strandlokals hatte sich bereits eine lange Schlange gebildet. Karl-Dieter stellte sich an, während Mütze zwei Plätze unter dem *Erdinger-Weißbier-Schirm* besetzte, der Werbung für das neue friesische Kultgetränk, wie Karl-Dieter spöttelte. Schattenplätze waren gefragt. Wer konnte, versuchte, der Sonne zu entfliehen, bis auf ein paar Unentwegte, die im prallen Sonnenschein erst richtig auftauten. Mit einer Bionade und einem Weißbier kam Karl-Dieter zurück, ein Tischvibrator würde sie aufschrecken, wenn das Essen fertig war. Das System hatte sich bewährt und sorgte vor allem beim Nachwuchs für Spannung. Selbst das schlimmste ADHS-Kind saß mucksmäuschenstill auf seinem Hintern und wartete gespannt darauf, dass der geheimnisvolle schwarze Kasten zu blinken und brummen begann.

»Und?«, fragte Karl-Dieter, »was machen deine ehemaligen Klassenkameraden so?«

»Was erfährst du über Facebook schon«, antwortete Mütze.

»Nun ja, das ein oder andere schon, Beruf, Familie, die letzten Urlaube.«

Mütze hatte tatsächlich einiges erfahren, doch nicht die Dinge, um die es ihm gegangen war. Zwar hatten einige auch Jugendfotos eingestellt, sogar Bilder einer Klassenfahrt ins Sauerland waren darunter gewesen, keiner aber hatte Fotos von ihrer Abiparty in der Villa von Heikos Eltern online gestellt. Was hatte er denn erwartet? Dass jemand eine Fotostory zu dem Abend erstellt hatte? Zumindest den ein oder anderen Schnappschuss jedoch hatte sich Mütze erhofft. Auf diese Weise wäre seine Erinnerung vielleicht wieder angesprungen. Sogar beruflich nutzten sie dieses Mittel verstärkt bei der Klärung von Altfällen. Quererinnerungen nannte ihr Polizeipsychologe das. Um sich etwa an ein Ereignis im April 1982 zu erinnern, präsentierte man dem Zeugen alte Zeitungsausgaben oder banale Straßenfotos mit den Autos der damaligen Zeit, bei Fußballfans mochte das Abspielen der Sportschau hilfreich sein. Auch war es wichtig, das Wetter von dem besagten Tag in Erinnerung zu rufen, eben das gesamte Umfeld, in dem eine Tat geschehen war.

»Versuch's doch mal mit Musik«, sagte Karl-Dieter.

Stimmt! Von Musik hatte der Psychologe ebenfalls gesprochen, sie besäße sogar ein ganz besonderes Rückerinnerungspotential. Mütze zog sein Handy hervor und googelte die Hits vom Frühjahr 1990, als plötzlich ein bekanntes Gesicht um die Ecke bog.

Ahsen. Der Inselpolizist sprang von seinem Rad und lief, ohne Mütze und Karl-Dieter zu bemerken, in die Strandhalle hinein. Durch die Scheibe konnte Mütze beobachten, wie Ahsen den Mann von der Kasse, einen gutmütigen Glatzkopf mit rötlichem Kinnbart zur Seite nahm. Ob die Kollegen schon was herausgefunden hatten? Als Ahsen wieder herausstürmte, entdeckte er die Freunde und begrüßte sie herzlich.

»Und?«, fragte Mütze, »Gibt's was Neues?«

Der Inselpolizist senkte seine Stimme. »Todeszeitpunkt vermutlich Freitagnacht. Schließt der Rechtsmediziner aus dem Mageninhalt. Im Magen hat man Reste von Knurrhahn gefunden. Knurrhahn gab's Freitagabend nur bei *Janssand,* Fang des Tages, du weißt schon. Ich muss weiter. Vielleicht auf ein Kurz-vor-Mitternachtsbierchen in der *oll Kark*?«

»I've been looking for freedom«, sang David Hasselhof. Die Popmusik hatte sich nicht eben zur künstlerisch anspruchsvollsten Phase aufgeschwungen, damals, Anfang der 1990er Jahre. Im Norden würde man eher von einer ziemlichen Flaute sprechen. Mütze hatte sich von Karl-Dieter verabschiedet, um einen Strandspaziergang zu machen. Er hielt es nicht länger als ein knappes Stündchen im Strandkorb aus, dann hatte er das Gefühl, ihm taten alle Knochen weh. Karl-Dieter hingegen ging es mit jeder Minute Ruhemodus besser. Mal holte er ein Buch hervor – er hatte sich im *Inselzauber*, Spiekeroogs Inselbuchhandlung, die Neuübersetzung von Dostojewskis Gesammelten Werken besorgt –, mal hing er einfach nur seinen Gedanken nach oder döste vor sich hin.

Das nächste Lied gefiel Mütze schon besser »Don't worry, be happy«. Er hatte das Ende des Badestrands erreicht und fiel in einen leichten Laufschritt ein. Noch nie sei ein vernünftiger Gedanke im Sitzen entstanden, hatte Schopenhauer das nicht gesagt? Oder sein Pudel? »In every life we have some trouble, but when you worry you make it double«, sang Bobby McFerrin und Mütze summte den Refrain mit. Sie hatten etliche Partys gefeiert, vor allem mit ihrem Physikleistungskurs. Manchmal war auch Manni dabei gewesen, oft jedoch hatte er sich als einer der Ersten verabschiedet. Er hatte keinen Grund dafür angegeben, aber jeder hatte gewusst, dass er sich um seinen behinderten

Bruder kümmern musste. Ihre Mutter war früh gestorben, an einem bis heute ungeklärten Verkehrsunfall. Trotz der häuslichen Belastungen war Manni kein schlechter Schüler gewesen, in Deutsch hatte er sogar zu den Besten gezählt und in Mathe und Physik hatte er ebenfalls mithalten können.

Einmal hatten sie versucht, die Lichtgeschwindigkeit experimentell zu bestimmen, Manni, er und Dirk, ihr kleiner Herr Professor. Zu diesem Zweck hatten sie sich am Nachmittag in der Schule getroffen, um den langen Flur vor dem Physikraum zu nutzen. Sie bauten eine Laserkanone auf und einen rotierenden Spiegel am anderen Ende des Ganges, mit dessen Hilfe sie den Strahl ableiten würden. Alle drei waren sie mit Feuereifer bei der Sache, selbst Manni glühte vor Begeisterung. Doch dann gab es Probleme, der Aufbau verzögerte sich. Der Drehspiegel war schuld, er wollte einfach nicht rund laufen, immer wieder mussten sie ihn auseinandernehmen und neu zusammenbauen. Manni wurde zunehmend unruhiger. Schließlich sagte er, es täte ihm leid, ihm sei schlecht, er müsse nach Hause. So machten Mütze und Dirk zu zweit weiter. Als Mütze eine Stunde später mit dem Rad durch Dortmund-Hörde zurückfuhr, sah er am Ende der Straße Manni aus einem Haus herauskommen, seinen eingehakten Bruder am Arm. Es war die Praxis eines Kinderneurologen gewesen.

»Verdammt, ich brauch dich – ich brauch dich nicht …« Mütze lief unwillkürlich schneller. Erst jetzt wurde ihm klar, wie eingeschränkt Mannis Jugend verlaufen sein musste. Sich ständig um seinen Bruder zu kümmern, während seine Schulkameraden ihre Freiheiten auskosten konnten, war sicherlich nicht einfach gewesen. Bestimmt hatte Manni viel Zeit zu Hause verbracht. Möglicherweise war er deshalb ins Träumen geraten, ins Schwärmen auch. Was heißt schon Verliebtsein in diesem Alter? Alles war doch noch ein Spiel, ein Ausprobieren. Vielleicht hatte sich Manni in seiner Fantasie eine Ersatzwelt geschaffen und sich zu stark in sie hineingesteigert. Der frühe Verlust der Mutter, die Verantwortung für den kleinen Bruder, man brauchte kein Psychologe sein, um zu verstehen, wie es in Manni ausgesehen haben mochte.

»Oh think twice, it's just another day for you and me in paradise ...« Mütze blieb keuchend stehen und drehte die Musik leiser. Vor sich lag die ewig weite Sandebene, auf der sich nur vereinzelt Wanderer verliefen. Mütze musste an Mannis Bruder denken. Ob der vielleicht noch Fotos hatte? Der Kommissar ließ sich auf den Boden fallen und zog sein Smartphone hervor. Plötzlich war ihm auch der Vorname des Bruders wieder eingefallen. Er hieß Thomas. Mütze gab den Namen in die Suchmaske ein.

Blutrote Wolken hingen über dem Watt, als Mütze Richtung Hafen schritt. Vom Westend kommend hatte er eine Abkürzung benutzt und lief über den Deich, der das Dorf vor einer Sturmflut schützen sollte.

Früher hatten die Häuser Schwimmdächer gehabt, schwappte das Meer über die Insel, flüchteten alle auf den Speicher, der auf den Wellen zum Festland getrieben wurde. Nun aber gab es statt schwimmender Dächer kräftige Deiche. Im Katastrophenfall musste man lediglich daran denken, rechtzeitig die schweren Stahltüren zu schließen, die sonst immer offen standen, um die Pferdebahn passieren zu lassen. Karl-Dieter fand die Lücke im Deich rührend. Dass man für die nostalgische Inselbahn so einen Aufwand trieb! Mütze hatte nur die Schultern gezuckt und von Verschwendung von Steuergeldern gesprochen. Nun passierte er den eisernen Steg, der über die Bahn führte, die einzige Eisenbahnbrücke der ostfriesischen Inseln, wie Karl-Dieter nie zu erwähnen vergaß. Am Gitter waren ein paar Liebesschlösser angebracht, ein alberner Brauch, wie Mütze fand, der nun auch Spiekeroog erreicht hatte. Karl-Dieter hätte sich wahrscheinlich über ein Schloss gefreut, man durfte nicht allen seinen Wünschen nachgeben.

Hinter Mützes Rücken durchbrach die untergehende Sonne die Wolken und warf ein unwirkliches Schlaglicht auf die abendliche Insel. In den blühenden Salzwiesen grasten Islandponys, manche mit einer Decke auf dem Rücken, drei Jungs ließen auf dem Deich ihre Drachen steigen und weiter hinten leuchtete noch einmal der Hafen auf. Mütze konnte die *Beauty Queen* erkennen. Sie lag an prominenter Stelle an einem der äußeren Stege. Mütze beschleunigte seinen Schritt.

Hoffentlich war Heiko zu Hause. Dieses Mal halfen ihm keine Ausreden und auch kein nostalgisches Gesülze. Dieses Mal würde er ihn festnageln. Was dann geschehen würde, konnte Mütze natürlich nicht vorhersehen, aber es war ihm auch egal. Wichtig allein war, dass es ihm gelang, Heiko zu zwingen, endlich die Wahrheit zu gestehen, und bestritt er sie immer noch, so würde er den entscheidenden Trumpf ausspielen.

Im Hafen war Ruhe eingekehrt. Die Anlegestelle der Fähren war bereits mit Gittern versperrt, *Mausis Hafenbude* geschlossen. Eine Frau in Funktionskleidung kam ihm mit ihrem Hund entgegen, sonst war kein Mensch zu sehen. Mütze schritt den Hafendeich hinunter und dann nach links am Kai entlang, bis er zu einer langen Brücke kam, über die es zum Yachthafen ging. Mit dem ablaufenden Wasser senkte sich die gesamte Hafenanlage inklusive der kammförmig verlaufenden Stege. Es schepperte etwas, als Mütze hinüberlief, wenig später hatte er die *Beauty Queen* erreicht.

Heiko saß mit Sabine an Deck, eine Flasche Wein stand im Kühler auf dem Tisch. Heiko hatte Mütze bereits gesichtet und begrüßte ihn mit einem lauten Moin und: »Komm an Bord, alte Landratte!«

Auch Sabine empfing Mütze herzlich und lud ihn ein, sich zu ihnen zu setzen. Dann eilte sie die verchromte Treppe hinunter, um ein weiteres Glas zu holen. Der Steward hatte offensichtlich frei, dachte sich Mütze, als er Platz nahm.

»Schön, dich zu sehen«, sagte Heiko und senkte seine Stimme. »Tut mir leid wegen gestern. Einfach so mit der Tür ins Haus zu fallen, wie blöd von mir.«

Mütze entgegnete nichts darauf. Er war sich unschlüssig, ob er die Sache im Beisein von Sabine klären wollte. Lieber wäre es ihm gewesen, von Mann zu Mann mit Heiko zu sprechen. Auf der anderen Seite, warum sollte Sabine nicht mitbekommen, was für ein Mistkerl Heiko war? Sie schien ja immer noch zu glauben, Heiko sei ein armer Mensch, eine tragische Figur, den die Fehler der Jugendzeit nicht losließen. Nun hoffte sie auf die große Versöhnung, auf ein erlösendes Wort Mützes, das ihn von all seinen Sünden reinwusch. Stattdessen hatte Mütze etwas ganz anderes im Gepäck.

»Ich würde gerne an unser gestriges Gespräch anknüpfen«, sagte Mütze und gab sich alle Mühe, so sachlich wie möglich zu klingen.

»Wie du willst«, sagte Heiko, »aber bitte erst später, wenn du einverstanden bist, ohne Sabine.«

»Warum?«, gab Mütze zurück.

In diesem Moment kam Sabine die Treppe hinauf. Sie hatte sich eine helle Seidenstola über die Schultern gelegt und ihre Lippen mit einem kirschroten Stift nachgezogen. Mit einer grazilen Bewegung stellte sie ein weiteres Kristallglas auf den Teakholztisch, zog die Weinflasche aus dem Kühler und hielt sie Mütze hin: »Ein Riesling von der Mosel. 2016er Jahrgang, feinfruchtig mit einer Spur Rhabarber.«

Rhabarber, natürlich, und nur eine Spur, dachte Mütze. Edel, edel, wie alles auf diesem Schiff. Das Holz der Planken und Aufbauten glänzte im Abendlicht. An manchen Stellen schien es frisch gestrichen zu sein, jedenfalls stand eine bunt bemalte Lackdose auf einem Stück Zeitungspapier und ein paar Pinsel steckten in einem Konservenglas.

»Oder lieber einen Italiener, einen Grillo vielleicht?«

»Nein, nein, bitte keine Umstände.« Von Wein verstand Mütze nichts.

Sabine schenkte ihm großzügig ein und Heiko und sich selbst noch einmal nach. »Auf euer Wohl«, rief sie lächelnd und hob ihr Glas.

Das Gespräch plätscherte so dahin. Sabine war sichtlich bemüht, die Situation zu entkrampfen, allein, eine heiter-gelöste Stimmung wollte sich nicht einstellen. Die technischen Details der Yacht interessierten Mütze herzlich wenig und auch für die Pläne einer Atlantiküberquerung hatte er kein Ohr.

»Die Fahrräder dahinten an der Reling, damit segeln wir an Land«, sagte Heiko, »einfach genial die Dinger. Fällt dir an ihnen etwas auf?«

Was sollte ihm an den beiden Rädern auffallen? Mütze zuckt mit den Schultern, was Heiko zu freuen schien.

»Nichts? Sehen aus wie stinknormale Tourenräder, tatsächlich aber sind es E-Bikes. Neuste Generation. Die Akkus stecken im Rahmen, absolut unsichtbar. Gehen ab, wie der Teufel.«

»Ich will noch mal zu der Nacht zurück, in der sich Manni das Leben genommen hat«, sagte Mütze völlig unvermittelt.

»Das war bestimmt ganz schrecklich«, sagte Sabine und griff überhastet nach ihrem Glas, »nicht wahr, Heiko? Ich bin dir dankbar, Mütze, dass du dieses Thema so mutig ansprichst, wir müssen darüber reden, da gebe ich dir absolut Recht.«

»Lass nur, Sabine«, unterbrach sie Heiko, »ich glaube, Mütze wollte uns was ganz Spezielles sagen.«

Besorgt sah Sabine Mütze an. Was soll dieser Blick bedeuten, dachte sich Mütze. Sei gnädig? Macht endlich einen Schlussstrich? Begrabt die alten Geschichten, reicht euch die Hände? War es das? Die Hände aber konnte man sich nur reichen, nachdem die Dinge geklärt waren. Das waren sie jedoch keineswegs!

»Was Spezielles?«, begann Mütze etwas gedehnt und ärgerte sich zugleich über sich selbst. Warum gelang es ihm nicht, die Dinge klipp und klar auf den Tisch zu legen? Worauf wartete er? Dachte er im Ernst, Heiko würde freiwillig mit der Wahrheit rausrücken? Er hatte schon viel zu viel Zeit vergeudet, jetzt war die Gelegenheit, die Sache zu Ende zu bringen. Da konnte diese Sabine noch so flehentlich schauen. Und war es nicht auch das Beste für sie? Ihr Kartenhaus würde mit einem Knall zusammenstürzen, doch nach dem ersten Schrecken würde sie begreifen, dass diese Schocktherapie notwendig war, ja geradezu heilsam. Nichts war schlimmer, als ein Leben lang einer Lüge hinterherzulaufen. Die Enttäuschung würde schmerzen, keine Frage. Aber eine Enttäuschung, so sehr sie unter die Haut gehen mochte, war schließlich nichts anderes, als der Befreiungsakt von einer Täuschung.

»Wo warst du damals?«, fragte Mütze und fasste Heiko scharf ins Auge. »Ich meine, wo genau warst du um Mitternacht?«

»Um Mitternacht?«

»Du hast mich richtig verstanden. Wo warst du, als es Mitternacht geschlagen hat?«

Heiko brach in ein schallendes Gelächter aus. Als er sich wieder halbwegs davon erholt hatte, sagte er: »Mensch, Mütze! Weißt du, wie lang das alles her ist? Exakt neunundzwanzig Jahre! Wie soll ich noch wissen, wo ich vor neunundzwanzig Jahren um Mitternacht gewesen bin?«

Mütze blieb vollkommen ruhig und blickte Heiko unverwandt an.

»Mensch, Mütze, sei vernünftig! Kannst du mir etwa sagen, was du heute vor vierundzwanzig oder fünfundzwanzig Jahren um Mitternacht gemacht hast? Das ist doch absurd, die Frage!«

»Wollt ihr lieber alleine reden?« Sabines Finger klammerten sich so fest um ihr Weinglas, dass die weißen Knöchelchen sichtbar wurden.

»Ist vielleicht wirklich besser, Liebes«, sagte Heiko. »Wenn's dir nichts ausmacht, Mütze, machen wir einen kleinen Spaziergang an Land.«

Wieder ärgerte sich Mütze über sich selbst. Heiko hatte sich noch ein Körbchen mit sechs eisgekühlten Bierflaschen geschnappt. Die Flaschen klirrten leise, als sie über den Steg gingen. Was sollte das? Mütze kam sich vor wie in einer dieser bescheuerten Bierwerbungen: alte Freunde an Bord eines Seglers, in der nächsten Szene nebeneinandersitzend auf einer Düne, Kameradschaft, verschworene Gemeinschaft, tiefer Gleichklang der Seelen und der Flaschen. War es das, was Heiko vermitteln wollte? Was für ein lächerlicher Versuch! Er hätte gegen das Bier protestieren sollen und hätte es wohl auch getan, wenn nicht Sabine gewesen wäre. Ein weiterer Grund für Mütze, sich zu ärgern. Warum nur nahm er Rücksicht auf sie? Sie konnte ihm doch völlig egal sein.

Parallel zum Kai zog sich ein steiler, mit Gras bewachsener Deich. Heiko stieg ein paar Schritte hinauf, dann ließ er sich nieder, öffnete zwei Flaschen, indem er einen Kronkorken mit dem anderen aufhebelte und reichte Mütze eine hinüber.

»Auf die alten Zeiten«, sagte er.

»Auf die Wahrheit«, sagte Mütze.

Vor ihnen lagen die Schiffe im Yachthafen, ihre Wimpel und Fahnen hingen schlaff hinunter. Wie ein filigraner Scherenschnitt wirkten die Masten, Taue und Balken vor dem dunkel schimmernden Wattenmeer. Vom Festland herüber blinkten rhythmisch die Spitzen der Windräder, wie eine riesige Warnblinkanlage sah das aus. Warum man den Begriff Festland als Gegensatz zur Insel benutzte, hatte Karl-Dieter einmal gefragt. Eine Insel bestünde schließlich ebenfalls aus festem Land, ja, das Land auf Spiekeroog sei doch fast fester zu nennen als das sumpfige, von zahlreichen Gräben durchzogene Marschland jenseits des Watts. Eine typische Karl-Dieter-Frage, auf die man keine rechte Antwort wusste. Auch bei dem Gespräch, das jetzt anstand, betrat er sumpfiges Gelände, dessen war sich Mütze bewusst.

»Wahrheit? Was ist Wahrheit?«, lachte Heiko und schlug seine Flasche gegen die von Mütze, der einen kleinen Schluck tat. Stellte sich Heiko dumm oder erinnerte er sich tatsächlich nicht mehr? Diese Frage zu klären war müßig, musste sich Mütze eingestehen. Er würde es vermutlich nie herausfinden und war es nicht auch völlig egal? Wichtig allein war doch, was wirklich geschehen war, damals auf ihrer Abiparty. Mütze zog sein Smartphone hervor und wischte auf dem Display herum.

»Könnten wir uns darauf einigen, unsere Smartphones auszuschalten?«, sagte Heiko.

»Warum?«, fragte Mütze. Täuschte er sich oder lag da eine ungewohnte Nervosität in Heikos Stimme?

»Nun, du bist ein Bulle«, grinste Heiko, »da muss man vorsichtig sein.«

»Nicht, wenn man ein ruhiges Gewissen hat«, sagte Mütze.

Heiko nahm einen tiefen Schluck aus seiner Flasche und schwieg.

»Keine Sorge«, sagte Mütze, »ich schalte es gleich wieder aus. Ich will dir nur ein Bild zeigen.«

»Ein Bild?« Heiko blickte zu Mützes Smartphone hinunter.

»Warte, ich hab's sofort«, sagte Mütze.

Auf dem Display tauchte eine schwarze Website auf. Außen war sie weiß umrandet, in der Mitte war das schwarz-weiße Foto eines vertrauten Gesichts zu sehen. »Manfreds Gedenkseiten«, stand darüber.

»Hat Thomas, Manfreds Bruder eingerichtet, eine Art digitales Erinnerungsalbum«, sagte Mütze.

»Thomas? Der Krüppel?« Heiko war sichtlich überrascht und schüttelte dann den Kopf. »Willst du wirklich jetzt ein Fotoalbum ansehen?«

»Warum nicht?«, sagte Mütze und wischte das erste Bild herbei. Es zeigte Manni als Baby. Er saß in einem altmodischen Kinderwagen, ein gehäkeltes Mützchen auf dem Kopf und lächelte unsicher in die Kamera.

»Hör mal, Mütze, ich hätte wie gesagt nicht mit der Tür ins Haus fallen sollen, ist ein Fehler gewesen, zugegeben. Aber du musst auch anerkennen, dass ich verdammt ehrlich gewesen bin. Ich hätte dir schließlich nichts erzählen müssen, nie wärst darauf gekommen. Warum, meinst du, habe ich mich überwunden, dir die Sache zu beichten?«

»Überwunden?«

»Ja, verflixt, das weißt du genau! Das rutscht einem doch nicht so nebenher von der Zunge.«

»Nebenher nicht.«

»Und warum sonst hätte ich es erzählen sollen?«

»Vielleicht, um der Sache noch eins draufzusetzen?«

»Wie meinst du das?«

»Überleg mal.«

»Mensch, Mütze! Nimm Verstand an. Ich versteh dich ja, für dich ist das alles neu und schockierend, ich laufe mit diesem Wissen schon Dutzende von Jahren herum. Kannst du nicht begreifen, dass irgendwann der Zeitpunkt kommt, an dem man reinen Tisch machen will?«

»Doch! Das kann ich sogar sehr gut begreifen. Deshalb bin ich gekommen.«

»Also gut, dann sehen wir uns die Kinderbilder an. Wenn du glaubst, dass uns das weiterhilft.«

»Davon bin ich überzeugt.«

Mütze wischte nun von Seite zu Seite, sagte keinen Ton zu den Aufnahmen, die sich durch Bildunterschriften ja auch von selbst erklärten. Heiko schwieg ebenfalls und betrachtete die Fotos stumm, nur ab und zu entfuhr ihm ein kurzer Kommentar, auf den Mütze nicht weiter einging. Jedes Bild ließ Mütze für einige Sekunden stehen, um nach exakt der gleichen Zeit weiterzuwischen. So lief Mannis Leben wie ein Film vor ihnen ab. Manni an der Hand seines Vaters, die ersten, unsicheren Schritte machend, Manni auf dem Schoß seiner Mutter, Manni am Küchentisch seinen Brei löffelnd, Manni im Kreis von drei älteren Mädchen, die ihn wie zum Tanz an den Händen hielten, Manni mit seiner Schultüte im Arm, wenig glücklich in die Kamera blickend, Manni über eine Wiege gebeugt, seinem neugeborenen Brüderchen den Schnuller reichend, Manni in einen viel zu engen Kommunionanzug gezwängt, Manni mit seinem kleinen Bruder Thomas am Ufer eines Sees, die Mutter an der Seite, die sehr mager aussah und offensichtlich keine Haare mehr hatte, jedenfalls trug sie ein Tuch um den Kopf gewickelt, Manni auf der Beerdigung seiner Mutter, ohne erkennbare Gesichtsregung am Grab stehend, Manni auf einem Klassenfoto der Sexta (Heiko: »Moment, Mütze, bist du das nicht, da vorne?«), Manni mit Bruder und Vater an Bord eines Schiffes, den Wind im dünnen Haar, Manni auf dem ersten Mofa, Manni beim Abschlussball des Tanzkurses mit seiner Tanzpartnerin, einem lustigen, kräftigen Mädchen, Manni auf ihrer Abiturfahrt nach Paris vor dem Eiffelturm (Heiko: »Schau, daneben, das ist Lukas. Das war vielleicht ein Lahmarsch!«).

Dann endlich ein Foto, das Mütze stehen ließ. Gebannt starrte Heiko auf die Aufnahme. Im Vordergrund war nicht Manni zu sehen, im Vordergrund sah man Heiko und Mütze als Pennäler! Heiko prostete Mütze mit einem Sektkelch zu. Deutlich abseits, vom Blitz nur schwach getroffen, ebenfalls ein Glas in der Hand haltend, aber stand ein blasser Jüngling mit verlorenen Augen, Manni. »Das letzte Foto, Abifeier, Juli 1990«, lautete die Beschriftung.

»Kommt's?«, sagte Mütze ohne weiterzuwischen.

Heiko nickte unmerklich, dann lachte er auf, ein hässliches Lachen, krächzend, fast triumphal. »Gratuliere, Mütze, gute Ermittlungsarbeit! Jawohl, ich erinnere mich. Hab mir zwei Sektgläser geschnappt und bin wohl zu dir auf die Terrasse. Ich habe dir ein Glas gegeben und mit dir angestoßen.«

»Auf die Freundschaft, hast du gesagt.«

»Auf die Freundschaft? Kann sein.«

»Vor den Augen von Manni.«

»Vor den Augen von Manni.«

»Von dem du wusstest, worauf er gewartet hat.«

»Sehnsüchtig gewartet hat.«

In diesem Moment schlug Mütze zu. Hart und unvermittelt hieb er Heiko seine Rechte ins Gesicht. Heiko taumelte ins Gras und hielt sich mit einem unterdrückten Schrei die Nase, aus der das Blut schoss. Seine Bierflasche kullerte schäumend den Deich hinunter und klirrte weiter über die Verbundsteine.

»Du Schwein«, rief Mütze, »warum verschwindest du nicht vom Erdball?«

Mühsam rappelte sich Heiko auf, Blut schnäuzend. Mütze spuckte aus, dann stand er auf, lief den Deich hinunter und davon, zurück in Richtung Dorf. Nichts hielt ihn mehr an diesem Ort. Jetzt war geklärt, was geklärt werden musste. Heiko rief ihm etwas hinterher, das wie »Warte!« klang. Mütze lachte höhnisch auf. Warten? Warum sollte er warten? Und auf was? Dennoch verzögerte er seinen Schritt, während Heiko ihm hinterhergelaufen kam.

»Da ist noch was, das du wissen musst«, zischte Heiko, als er bis auf wenige Schritte herangekommen war.

»O ja? Und was?«

»Weißt du, was für ein Feigling dein Manni gewesen ist?«

»Feigling?«

»Feigling, ja! Stell dir vor, er wollte sich gar nicht umbringen, er hat nur so getan. Auf dem Stuhl mit dem Strick um den Hals, verließ ihn die Traute. Da habe ich nachhelfen müssen.«

»Du hast was?«

»Du hast recht verstanden, du Idiot, du checkst auch gar nichts. Ich hab dem Stuhl einen Tritt verpasst.«

Mit höhnischem Lachen verschwand Heiko in der Dunkelheit, Mütze blieb wie angewurzelt stehen. Ein leichter Wind kam auf, eine Möwe strich dicht über die Boote hinweg, ihr Krächzen verklang in der Ferne.

Karl-Dieter pfiff ein Seemannsliedchen, während er in der kleinen Küche hantierte. Ihm war die Idee gekommen, ein Spiekeroog-Kochbuch zu schreiben, lauter Gerichte, die etwas mit der Insel zu tun hatten. Ein solches Buch war eine Herausforderung, war Spiekeroog doch nicht gerade für seine reichen Gartenfrüchte bekannt. Karl-Dieter schwebte eine Mischung von Fischgerichten und vegetarischer Friesenküche vor, wobei er nicht auf die geläufigen Klassiker zurückgreifen wollte. Eigene Kreationen zu schaffen, das würde sein

Ehrgeiz sein. Für das Abendessen hatte er sich aus dem Fischgeschäft *Meeresfrüchtchen* eine kleine Plastikschachtel Krabben besorgt, aus dem *Frischemarkt Bruns* zwei Zucchini. Etwas pikiert hatte er geschaut, als er an der Wursttheke gewartet hatte, um für Mütze, der nicht darauf verzichten konnte, eine fette Salami zu kaufen. Lauter belehrende Zettel! »Wir bitten Sie, nicht über die Theke zu fassen. Danke!«, war noch der höflichste. »Sie möchten nur Käse? Sind Sie dann bitte so freundlich und reihen sich bei Fleisch und Wurst mit ein!«, aber klang furchtbar. Am schlimmsten jedoch war: »Wir schneiden unsere Schinkenspezialitäten grundsätzlich dünn!« Hallo? Wie war das noch mal, wer war in einem Geschäft doch gleich der König?

Die Zucchinis raspelte Karl-Dieter zu kleinen Spänen, verquirlte eine Tasse Mehl mit einem Ei und verknetete den Teig sodann mit den Zucchinispänen. Aus der entstandenen Masse formte er talergroße Scheiben und buk sie in der Pfanne aus, bis sie goldbraun waren. Die krossen Bratlinge hob er auf einen vorgewärmten Teller. Die Krabben sollten so bleiben, wie sie waren. Es gab Dinge, die konnte man nur verschlimmbessern. Ganz wenige Tröpfchen einer frisch gepressten Limone fügte er doch hinzu und nahm einen Probierlöffel. Wunderbar! Die salzig-fleischige Note harmonierte perfekt mit dem sanft säuerlichen Fruchtsaft. Nun das Foto! Karl-Dieter platzierte drei Zucchinitaler auf einen weißen Porzellanteller und gab auf jede einen lockeren Löffel Krabben. Zwei Tierchen legte er zudem wie zufällig an den Tellerrand, dann zückte er seine Spiegelreflexkamera und schoss ein paar Fotos. Leicht unzufrieden betrachtete er das Resultat. Da fehlte noch was. Richtig, die weißblauen Servietten mit den süßen Robbenmotiven! Vorsichtig entfaltete er eine Papierserviette und stellte den Servierteller darauf. Jetzt passte alles. Nochmal abgedrückt und die erste Vorspeise war im Kasten.

Karl-Dieter schaute auf die Uhr. Eigentlich wollte Mütze schon längst zurück sein. Wo er nur blieb? Zwar hatte er die Zucchinitaler im Ofen warmgestellt, sie würden aber ihre Knusprigkeit verlieren, wenn sie nicht bald gegessen würden. Auch auf sein Handy warf Karl-Dieter einen Blick. Nichts. Keine SMS, keine WhatsApp. Eigentlich hatte Karl-Dieter darauf bestehen wollen, die Smartphones daheim in Erlangen in einem alten Schuhkarton zu verwahren, während sie sich im Urlaub befanden. »Urlaub beginnt mit dem Abschiednehmen«, sollte sein Motto sein. Nur weil ihr diesjähriges Quartier so abgelegen war, hatte Karl-Dieter nachgegeben. Aber jetzt, wo eine Nachricht fällig war, dachte Mütze nicht daran.

Selbst anzurufen kam für Karl-Dieter nicht infrage. Er hatte schließlich seinen Stolz. So ging er wieder und wieder ungeduldig zum Wohnzimmerfenster, wo der Feldstecher stand. Wenn man sich vorbeugte, konnte man den weiten Weg überblicken, der vom Dorf kam. Es war bereits dunkel, in der Ferne waren die Lichter der Häuser auf den Dünen zu sehen. Auch die Silhouette der katholischen Inselkirche war zu erkennen, scharf hob sich die Zeltkonstruktion gegen den Nachthimmel ab. Nach dem Essen waren sie doch mit ihrem alten Freund Ahsen, dem Inselpolizisten, zu einem Mitternachtsbierchen in der *oll Kark* verabredet. Wie wollten sie das alles schaffen? Wo steckte Mütze nur? Ob er im Dorf geblieben war? Hatte er das Abendessen vergessen? Karl-Dieter griff kurz zum Handy, legte es aber rasch wieder beiseite. Dann verputzte er einen ersten Zucchinitaler und gleich noch einen zweiten. Wer nicht kommt zur rechten Zeit …

Vielleicht hatte sich Mütze einfach verquatscht. Vielleicht war das Gespräch mit Heiko anders verlaufen als erwartet. Nur schnell eine Frage klären, zu diesem Zweck war Mütze hinaus zum Yachthafen. Wer weiß, möglicherweise hatte sich daraus so manche weitere Frage ergeben. War es tatsächlich, wie von Sabine erhofft, zur Versöhnung gekommen? Und nun saßen die alten Schulfreunde bei einem Bierchen zusammen, schwelgten in Erinnerungen und vergaßen die Zeit?

Dieser Gedanke versöhnte Karl-Dieter ein wenig. Es gab Momente im Leben, da durfte, ja da musste alles andere zurückstehen. Kairos, nannten die alten Griechen so eine Sternstunde, diesen einzigartigen, unwiederbringlichen Augenblick. Und was konnte großartiger sein, als die Versöhnung zweier alter Freunde? Karl-Dieter, obwohl nicht besonders religiös, ging das

Gleichnis vom verlorenen Sohn durch den Sinn. Hatte der Vater nicht richtig gehandelt, als er seinem reuig zurückkommenden Sohn unter Tränen verzieh und ein Freudenfest für ihn ausrichten ließ? Auch seinen zweiten, vorbildlichen Sohn liebte er, aber in diesem Moment war alles andere zweitrangig gewesen. Karl-Dieter seufzte träumerisch. Nichts Größeres, als sich nach einer Zeit schlimmster Entfremdung wieder in die Arme zu schließen. Darüber durften die Zucchinitaler ruhig kalt werden.

So wütend, so ohnmächtig zugleich hatte sich Mütze kaum je gefühlt. Um seine Gedanken und Gefühle zu sortieren, hatte er einen weiten Umweg gewählt und war über den Slurpad zum Strand gelaufen. Er musste jetzt allein sein und wo ging das besser als am nächtlichen Meer? In ihm brannte es, die Staatsanwaltschaft zu informieren, Mann, er hatte das Geständnis eines Mörders! Gleichzeitig aber wusste er, dass dabei nichts herauskommen würde. Heiko würde alles bestreiten. Voller Empörung würde er behaupten, Mütze wolle ihm etwas unterjubeln. Aus Wut und Ärger über den unterschlagenen Liebesbrief, aus dem Gefühl der Gekränktheit. Sabine würde aussagen, dass sie sich gestritten hatten, und selbst Karl-Dieter würde mit dem, was er mitbekommen hatte, die Racheversion bestätigen.

Mütze lief dicht am Spülsaum entlang. Am Horizont leuchteten die Lichter der Ozeanriesen auf. Sie fuhren tags und nachts ohne Unterlass, wie auf einer imaginären Straße. Mützes Füße wurden von einer vorzüngelnden Welle erwischt, er nahm es kaum wahr. Natürlich hatte er eine hohe Reputation, zumal als Kommissar, letztlich aber stand Aussage gegen Aussage. Es war zum Verrücktwerden! Manni hatte sich gar nicht umgebracht, kaltlächelnd war Heiko auf ihn zugegangen und hatte ihm den Stuhl weggetreten. Dann wird er interessiert zugeschaut haben, wie Manni gegen sein qualvolles Ende kämpfte. Zuerst würde der arme Kerl noch gezappelt haben, bestimmt hatte er verzweifelt versucht, den Strick mit den Händen zu lockern. Vielleicht hatte er seinem Mörder Zeichen gegeben, ihm zu helfen, vergebens, Heiko hatte ihn dem Erstickungstod überlassen. Erst dann war Heiko wohl aus dem Keller zurückgekehrt.

Ja, plötzlich konnte sich Mütze wieder erinnern. Heiko hatte keinerlei Hast gezeigt, als er mit der Todesnachricht gekommen war, und als man ihn später befragte, warum er Manni nicht sogleich abgeschnitten hatte, hatte er von einem erlittenen Schock gesprochen. Und alle hatten ihm geglaubt. Mütze lachte wild auf. Schock! Auf Zeit hatte Heiko gespielt, um auf Nummer sicher zu gehen. Und wozu das Ganze? Weil Manni ihm nicht bei den Prüfungen geholfen hatte? Aus allgemeinem Frust, weil alle das Abi bestanden hatten, nur nicht er? Um zu erleben, wie es ist, wenn ein Mensch stirbt? Oder aber, um ihn Jahrzehnte später noch damit quälen zu können? Ein zweites Mal entfuhr Mütze ein verzweifeltes Lachen. Und er tat einen Schwur. Heiko würde für seine Tat büßen. Er würde den Kerl hinter Schloss und Riegel bringen, auf welche Weise auch immer.

Flackernd tanzten die Schatten der Freunde über die Wand, die Kerze auf dem Tisch wollte sich nicht beruhigen. Karl-Dieter konnte es nicht glauben. Das gab's doch nicht!

»Genauso war's«, sagte Mütze, ohne einen der Zucchinitaler anzurühren.

»Und wenn er's nur behauptet hat?«

»Warum sollte er?«

»Um dir eins reinzudrücken.«

Mütze schüttelte den Kopf. Alles war nach einem perfiden Drehbuch gelaufen, geschrieben von Heiko. Er hatte von Anfang an vorgehabt, ihm von dem Mord zu berichten. Dieses ganze Versöhnungsgeschwafel, zu dem er Sabine angestachelt hatte, diente einzig dem Zweck, sich abzusichern. Kein Staatsanwalt, kein Richter der Welt würde Mütze jetzt noch glauben, wenn er mit Mord daherkam. Der heftige Streit, die blutige Nase: Auseinandersetzungen alter Feinde, die nach einem ungeplanten Wiedersehen wieder ausgebrochen waren, hoch emotionalisiert durch die Liebesbriefgeschichte. Wer wollte da entscheiden, welche Aussage stimmte? Hinzu kam, die van Gehlens waren bis heute eine anerkannte Familie, zahlreiche wohltätige Stiftungen hatten sie ins Leben gerufen. Warum hätte Heiko ein solch furchtbares Verbrechen begehen sollen? Keiner hatte damals berichtet, dass Manni in einen Streit verwickelt worden war, nur ein Selbstmord kam in Betracht, das schien zweifelsfrei festzustehen.

»Selbst du zweifelst ja nicht daran.« Mützes Stimme klang bitter.

»Mensch, Mütze! Versteh mich nicht falsch, ich suche doch nur nach einer Erklärung.«

»Für was?«

»Angenommen, Heiko hat Gewissensbisse wegen des unterschlagenen Briefes bekommen und hat sein Herz tatsächlich entlasten wollen. Meinst du, was ihn das für eine Überwindung gekostet haben muss, den großen van Gehlen. Aber statt dass du ihm vergibst, rammst du ihm die Faust ins Gesicht. Da ist bei ihm eben eine Sicherung durchgeknallt und er hat noch eine Story draufgesetzt.«

Mütze stand auf und riss das Wohnzimmerfenster auf. In der Ferne lag der Hafen, funkelten dort einige letzte kleine Lichter. Ob Heiko noch wach war? Ob er an Deck saß und die Flasche austrank? Ob er sich Sabine gegenüber als Opfer präsentierte? Der arme Kerl! Er hatte doch alles versucht, seine Absolution zu erhalten und was war der Dank? Eine blutende Nase. So oder so ähnlich wird er sich präsentiert haben, dachte sich Mütze und schloss das Fenster wieder. Wie nur konnte er dem Mistkerl den Mord nachweisen?

*

Man hatte die Leiche also gefunden. Sehr schnell, viel zu schnell. Was hatte der dumme Ostwind nur so toben müssen? Aber er war selbst ein wenig schuld daran. Hätte er eben etwas tiefer gegraben. Felsenfest hatte er sich darauf verlassen, dass mehr und mehr Sand herbeigeweht und den Körper mit einer immer dickeren Schicht bedecken würde. Und auf die Verwesung hatte er gesetzt.

In welchem Tempo ein Mensch verwest, hängt sehr von den äußeren Bedingungen ab. Seltsamerweise geht im Sarg alles viel schneller als ohne einen solchen. Daraus speisen sich auch die Bedenken vieler Friedhofsbetreiber vor dem Wunsch der Muslime, ihre lieben Verwandten nur in ein Leichentuch gewickelt zur Erde zu lassen. Im Sarg ist genügend Sauerstoff, um die Oxidationsprozesse zu beschleunigen. Ist die Erde feucht, wie etwa in einem Moor, oder von viel Lehm durchsetzt, verledert der Körper und bleibt über Jahrhunderte im mumifizierten Zustand erhalten. Anders in Sand. Sand atmet, lässt Wasser und auch Sauerstoff eindringen. Bald schon wären nur noch die Knochen übrig gewesen.

Alles hatte er sich so schön ausgerechnet. Und nun das! Dennoch blieb er gelassen. Was konnte man ihm denn nachweisen? Niemand hatte doch etwas mitbekommen.

Dienstag

Beim ersten Schrei der Möwen brach Mütze auf. Karl-Dieter lag noch im Bett und gähnte. »Kann ein bisschen dauern mit den Brötchen«, flüsterte Mütze, während er seine Jeans zuknöpfte, »ich schau schnell mal bei Ahsen vorbei.«

Sie hatten es schlicht vergessen, das Mitternachtsbierchen mit Ahsen. Zu viel war gestern passiert, ein scheußlicher Tag. Karl-Dieter hatte der heilige Zorn gepackt, als er endlich realisierte, dass an Heikos zynischem Geständnis nicht zu zweifeln war, ja, er hatte regelrechte Mordfantasien entwickelt. Natürlich würde er keine davon je umsetzen, und doch hatte er seine grimmige Freude daran gehabt, die verschiedensten Todesszenarien zu entwerfen. »Man müsste seinen Kopf in eine Fritteuse tauchen«, war noch die harmloseste Variante. Lange hatten sie noch diskutiert, wie es gelingen könnte, Heiko endlich zu überführen, und waren zu keinem Ergebnis gekommen. Heiko würde den Teufel tun, sein Geständnis zu wiederholen. »Man müsste ihn provozieren«, hatte Karl-Dieter gemeint. Provozieren? Wie denn? Wenn einer sich zu keinem Fehler hinreißen ließ, dann Heiko. Bei ihm war alles Berechnung, bis ins kleinste Detail. So vorgeführt gefühlt hatte sich Mütze noch nie. Nicht privat und nicht dienstlich.

Mütze schwang sich aufs Fahrrad. Der Morgen war grau. Tiefe Wolken hingen über der Insel, im Süden zog es schwarz auf. Über dem Festland schien es zu regnen, durch den Schleier konnte man die Windräder kaum erkennen. Mütze trat in die Pedale. Einige Spaziergänger kamen ihm bereits entgegen, manche zogen einen Bollerwagen hinter sich her. Vielleicht wollten sie zum Zeltplatz, der sich im äußersten Westen der Insel befand. Um zur Polizeistation zu gelangen, musste Mütze einfach nur geradeaus radeln. Zwar wechselte die Straße ständig ihren Namen, sie blieb aber doch immer dieselbe: Westend, Gartenweg, Norderpad, Bi d'Utkiek, Tranpad. Mütze hatte sein Ziel erreicht. Die Polizei von Spiekeroog war in einem unscheinbaren Klinkerhaus untergebracht. Mütze warf sein Rad auf die dazugehörige Wiese und drückte den Klingelknopf. Es dauerte eine Weile, dann wurde ihm aufgemacht. Ahsen trug noch seinen Pyjama. Seine Privatwohnung befand sich im selben Gebäude.

»Moin, Ahsen, darf ich reinkommen?«

Ahsen legte den rechten Zeigefinger gegen die Lippen, als er Mütze einließ. Mütze sah ihn fragend an und Ahsen deutete auf eine Tür mit einem kleinen Fensterschlitz, die Zelle. Mütze warf einen Blick hinein. Auf der Pritsche lag ein Mann und schlief.

»Trellenburg«, sagte Ahsen, als sie in seinem Büro saßen. Nichts schien sich hier verändert zu haben, nicht der alte Sechzigerjahre-Schick, nicht das grüne Festnetztelefon und auch nicht die Möwe mit dem Spiralhals auf dem Schreibtisch. Immer noch sprach Ahsen mit gesenkter Stimme.

»Trellenburg?«, fragte Mütze. »Habt ihr den Mörder bereits?«

»Trellenburg ist dein Kollege aus Esens. Gibt kein freies Zimmer auf Spiekeroog, nur die Zelle.«

Über Mützes Gesicht lief ein breites Grinsen. Waren Pragmatiker, die Ostfriesen. Wenn's kein freies Zimmer mehr gab, musste eben die Zelle herhalten. »Entschuldige wegen gestern«, sagte er, »ist was dazwischengekommen.«

»Kein Problem«, sagte Ahsen, »auch bei uns hat gestern der Bär gesteppt.«

»Schon was Neues?«

Ahsen legte die Hände zusammen und ließ verlegen die Daumen kreisen.

»Hör zu, Ahsen«, sagte Mütze, »du musst mir nichts erzählen, wenn du nicht willst. Deswegen komme ich auch gar nicht.«

»Weshalb dann?«, fragte Ahsen erstaunt und erleichtert zugleich. Es war ihm peinlich, vor Mütze Geheimnisse zu haben, doch Trellenburg hatte ihm gestern Nacht noch mal ausdrücklich eingeimpft, keinem Menschen etwas über ihre Ermittlungen zu erzählen. »Täterwissen, Ahsen«, hatte er ihm eingeschärft, »alles kann Täterwissen sein!«

»Kennst du van Gehlen?«, fragte Mütze. Gerne hätte er der Spiralmöwe eins übergezogen, er hielt sich aber zurück.

»Van Gehlen? Na klar! Die schönste Yacht weit und breit.«

»Was macht er hier?«

»Wieso willst du das wissen? Ist dir was Verdächtiges aufgefallen?«

»Nicht die Spur. Wir sind alte Schulfreunde.«

»Schulfreunde? Du und van Gehlen?«

»Genau. Dieselbe Dortmunder Penne, ewig her natürlich.«

»Warum fragst du ihn dann nicht selbst?«

»Ich habe meine Gründe.«

Ahsen rutschte hin und her, konnte aber keinen Grund erkennen, seinem alten Freund Mütze in dieser Sache keine Auskunft zu geben. Was sollte Trellenburg dagegen haben? Hatte ja nichts mit dem Mordfall zu tun. »Van Gehlen ankert zum ersten Mal in unserem Hafen. Kam vor etwa sechs Wochen an, seine Yacht war auf Anhieb die Attraktion. Ein solch feines Schiff sieht man bei uns eher selten, wir sind ja nicht Saint Tropez.«

»Und was macht er nun hier?«

»Urlaub, was sonst. Fährt alle paar Tage hinaus, wenn Segelwetter ist. Kommt aber abends stets zurück in den Hafen. Hat gleich für die ganze Saison gebucht, in bar und im Voraus.«

»Hat er öfters Besuch?«

»Besuch? Nein, nicht dass ich wüsste. Was denn für Besuch?«

»Keine Ahnung«, erwiderte Mütze einsilbig.

»Hör zu«, sagte Ahsen und beugte sich vor, »du darfst das nicht falsch verstehen. Ich hab eigentlich keinen Grund, Geheimnisse vor dir zu haben, das weißt du doch. Es ist nur ...« Dabei deutete er in Richtung auf die Zelle.

»Schon klar«, sagte Mütze.

»Wir wissen bislang wenig bis nichts und müssen deshalb bei allem vorsichtig sein. Professor Finkenstein von der Hannoverschen Rechtsmedizin hat uns gestern noch den vorläufigen Obduktionsbericht durchgegeben, Tatzeit vermutlich Freitagnacht, wegen des Knurrhahns, weißt schon. Todesursache war die Zertrümmerung des Schädels. Die Tatwaffe muss eine harte Kante besitzen, eine kräftige Metallstange zum Beispiel.«

»Irgendwelche Zeugen?«

»Fehlanzeige. Hab mich überall im Dorf umgehört. Keiner will was gesehen haben. Gestern haben wir uns die Wohnung des Toten vorgenommen, Wohnung ist zu viel gesagt, ein kleines Zimmer in einer Gemeinschaftsunterkunft im Melksett. Seinen Laptop haben wir gesichert und ein paar persönliche Unterlagen. Nichts sonderlich Verdächtiges darunter, wenigstens auf den ersten Blick. Knapp fünfhundert Euro in bar, eine Handynummer auf einer Spiekeroog-Postkarte mit einem verblassten Lippenabdruck und im Müll einen verknüllten Zettel.«

Ahsen öffnete die oberste Schreibtischschublade und zog eine Klarsichtfolie hervor, in der ein handbeschriebenes Stück Papier steckte. Mütze drückte die Tüte flach und las: »Heute um 20:00 Uhr.«

»Mit heute könnte Freitag gemeint sein, glaubt Trellenburg.«

In diesem Augenblick begann das Fax-Gerät zu rattern. Ahsen stand auf. Es war der Obduktionsbefund. Ganze fünf Seiten rutschten in den Hundekorb, der als Ersatz für den zerbrochenen Auffangkasten diente. Mütze wollte gerade nach den Blättern greifen, als ein mächtiges Donnern ertönte. Jemand hämmerte gegen die Zellentür und eine ungeduldige Stimme rief: »Ahsen? Verdammt, lass mich raus!«

Mütze schwang sich auf sein Rad und fuhr davon. Mit geducktem Kopf war er an der Zellentür vorbei ins Freie. Er hatte Ahsens Blick richtig gedeutet und wollte ihn nicht in Schwierigkeiten bringen. Egal wie viele Mordfälle er auf Spiekeroog auch gelöst hatte, der aktuelle Ermittler hieß Trellenburg. So war das nun mal. Mütze radelte ins Dorf hinein. Alles hätte er darum gegeben, Ahsen zu helfen. Die ganze Wut, die er im Bauch hatte, hätte er in den Fall gesteckt und es hätte ihm gutgetan. Hätte, hätte, Fahrradkette.

An der Inselbäckerei hing ein Schild: »Wegen Personalmangels heute erst um 11 Uhr geöffnet«. Missmutig fuhr Mütze weiter Richtung Kurzentrum, wo es das *Backdeck* gab. Eine ältere Dame schimpfte, als er mit Schwung um die Ecke bog. Was wollte sie? Bis neun Uhr durfte in der Fußgängerzone geradelt werden und ein Tempolimit gab es nicht. Als Mütze im Laden stand, wo es wunderbar nach frisch geröstetem Kaffee duftete, jodelte sein Handy los. Big-Chip war dran, sein Erlanger Kollege.

»Mütze? Schon im Meer?«

»Ne, nur beim Brötchenholen.«

»Ich hab, was du willst.«

»Okay, danke! Kannst du mir alles schicken? Am besten als E-Mail-Anhang.«

»Ist unterwegs.«

Als Mütze die Ferienwohnung betrat, wurde er von einem himmlischen Duft begrüßt. Karl-Dieter hatte gestern Abend noch Mirabellen gepflückt, von einem Baum im Rosengarten, dem versteckten Paradies an der Wüppspor. Während Mütze im Hafen war, hatte er die Mirabellen entkernt und frisches Kompott daraus gekocht, mit dem er nun die knusprigen Brötchen bestrich. Bevor Mütze zugreifen durfte, schoss Karl-Dieter erst ein Foto von seiner Kreation.

»Schmeckst du das Besondere?«, fragte Karl-Dieter, als Mütze hungrig zugegriffen hatte.

»Nö. Was denn?«

»Hab einen Schuss Sanddornlikör hinzugegeben«, verriet Karl-Dieter mit verschmitztem Lächeln.

»Schmeckt prima«, sagte Mütze und wischte auf seinem Handy herum.

»Was Unangenehmes?«, fragte Karl-Dieter.

»Nö, nö. Ich mach's gleich aus.«

Mütze hatte alles schon erlebt, was ein Kommissar erleben konnte. Grauslich zugerichtete Unfallopfer, abgeschlagene Köpfe, aufgedunsene Wasserleichen. Und doch war ihm noch nichts so unter die Haut gegangen, wie der Obduktionsbericht, den ihm Big-Chip aufs Handy geschickt hatte. Mütze strich sich über die Stirn. Am schlimmsten waren die Fotos. Die Striemen an Mannis Hals, die blutunterlaufenen Augen, der schmächtige, so mitleiderregende Körper. Der Bericht war nicht sonderlich lang. Tod durch Ersticken, vermutlich innerhalb weniger Minuten. Neben der nackten Leiche lagen Mannis Kleider. Unterhose und Jeans waren feucht, er musste kurz vor dem Tod noch eingenässt haben. Tod durch Suizid. Nichts gab es daran zu zweifeln.

»Gehen wir ins Dorf?«, fragte Karl-Dieter, nachdem er das restliche Kompott in den Kühlschrank gestellt hatte. Besorgt sah er Mütze an. Es war dringend nötig, den Freund auf andere Gedanken zu bringen. So furchtbar die Geschichte mit Manni auch war, es änderte ja nichts, wenn man dauernd darüber nachdachte. Jetzt tat etwas Ablenkung not. Dummerweise würden sich die Wolken erst am Nachmittag verziehen, für den Badestrand war es definitiv noch zu frisch.

»Wir könnten zum Kurzentrum unsere Kurtaxe zahlen.«

»Du meinst das Erpressungsgeld der Inselpiraten?«

Karl-Dieter entrichtete den Kurmittelbeitrag gerne. Wie viele sinnvolle Dinge wurden mit ihm finanziert! Allein die Toilettenanlage am Badestrand! »Wo sonst gibt es ein öffentliches WC von solcher Qualität?«, pflegte er zu sagen. Begeistert war er vom *Stoko-Refresh,* der Spender eines Desinfektionsmittels, mit dem man angeleitet durch die Bilder eines Piktogramms zur Reinigung der Klobrille angehalten wurde. »Hast du so was schon mal bei uns in Erlangen gesehen?« Auch der Sichtschutz zwischen den Pissoiren gefiel Karl-Dieter, »aus Diskretionsgründen«. Dann der berührungslose Händeföhn mit eingebautem Countdown und als Krönung der eigene Babywickelbereich auf der Männertoilette. »Das ist Gleichberechtigung auf Friesisch!«

Mütze rollte die Augen. Karl-Dieter und sein Hygienefimmel! Als Karl-Dieter schließlich die überaus großzügigen Öffnungszeiten lobte, »aktuell 24 Stunden täglich«, wie ein Schild verkündete, konnte sich Mütze die Bemerkung nicht verkneifen, ob auf Spiekeroog alle unter Verdauungsproblemen litten. »Idiot«, entfuhr es Karl-Dieter, aber er meinte es nicht so. Er war ja froh, dass Mütze wieder Witze machte.

Als sie aus dem Haus traten, bremste ein Radfahrer vor ihrer Tür. Ahsen. Etwas verlegen stieg der Inselpolizist ab. »Tut mir leid wegen heute früh«, sagte er zu Mütze.

»Basst scho«, sagte Mütze, den fränkischen Dialekt imitierend.

»Hier«, sagte Ahsen und hielt Mütze einen Umschlag hin.

»Was ist das?«, fragte Mütze.

»Siehst du dann schon«, sagte Ahsen, verabschiedete sich mit einem Moin und brauste elektrounterstützt weiter Richtung Zeltplatz.

Während Karl-Dieter im Dorf seine Erledigungen machte, setzte sich Mütze in den Pavillon am Rathaus, den eine Horde von Kindern mit ihren knatternden Rollern umkreiste. Dort zog er die Blätter aus dem Umschlag. Ahsen war doch ein feiner Kerl! Er hatte ihm tatsächlich eine Kopie des Faxes zugesteckt, den Obduktionsbericht von Kennemann und mehr als das: Auch andere Unterlagen hatte er ihm kopiert, die Skizzen und Fotografien vom Fundort, den Zettel aus Kennemanns Mülleimer mit der kryptischen Botschaft »Heute um 20:00 Uhr«, die Postkarte mit dem Lippenabdruck und der Handynummer, sowie die Protokolle der bislang erfolgten Befragungen der Spiekerooger.

Ahsen war wirklich fleißig gewesen, allerdings mit höchst begrenztem Erfolg. Die Aussagen von Freunden und Kollegen Kennemanns waren frustrierend, kein einziger sachdienlicher Hinweis ergab sich daraus. Die Kussmunddame hatte man trotz wiederholter Anrufe bislang nicht erreichen können. Am interessantesten war noch die Befragung von Anke Suurbier, der Kellnerin von *Janssand,* wo Kennemann seine Henkersmahlzeit eingenommen hatte. Der Kellnerin war nichts Außergewöhnliches an Markus Kennemann aufgefallen, den sie kannte, »wie man sich auf Spiekeroog eben kennt«. Kennemann sei um sechs gekommen, habe zwei Bier zum Knurrhahn getrunken und sei gegen kurz vor acht wieder gegangen. Wohin, könne sie nicht sagen, für mehr als einen Smalltalk sei keine Zeit gewesen.

Mütze blätterte weiter und nahm Kennemanns Obduktionsbericht zur Hand. Zunächst überflog er die Seiten, um zur zusammenfassenden Beurteilung zu kommen. Die wesentlichen Punkte, also die Angaben zur Tatzeit und zum Tathergang, kannte er schon von Ahsen, dazu enthielt das Fax keine Neuigkeiten. Kennemann musste bereits tot gewesen sein, als man ihn in der Düne verbuddelt hatte, in seiner Lunge hatte sich kein Körnchen Sand gefunden, dafür jedoch 0,5 Promille in seinem Blut, für einen gestandenen Friesen ein Witz und durch die zwei Bierchen kaum ausreichend erklärlich. Ein Kampf schien nicht stattgefunden zu haben, jedenfalls gab es keine Spuren, die darauf hingedeutet hätten, alles anhaftende Blut stammte vom Toten. Möglicherweise war der Fundort nicht mit dem Tatort identisch. Einiges sprach dafür, dass man die Leiche zur Düne transportiert hatte und man sie zu diesem Zweck in eine Decke oder Plane gewickelt hatte, denn auch die Rückseite des

Hemdes des Toten war blutverschmiert. Bis auf den zertrümmerten Schädel gab es keine weiteren Verwundungen. Der Professor legte sich fest: Der Tod musste in Sekundenschnelle eingetreten sein, zumindest aber eine sofortige Bewusstlosigkeit, da es ins Atemzentrum eingeblutet hatte.

Kennemann hat mehr Glück gehabt als Manni, schoss es Mütze durch den Kopf.

Wieder trat ihm das schreckliche Bild vor Augen. Wieder sah er Manni am Strick zappeln, Heiko grinsend davor, sah, wie Manni den feigen Mörder mit Blicken verzweifelt anflehte und wie dieser ihn ersticken ließ, ein kaltes Lächeln auf den Lippen. Mütze schwindelte. Heftig rieb er sich die Schläfen, dann las er weiter, las den ganzen Bericht von vorne bis hinten. Nichts von Belang fand sich in den übrigen Beschreibungen. Eine reizlos verheilte Narbe rechts am Hals, die Tattoos, Spuren von Klarlack an der rechten Hand, ein silberner Ring mit dem Umriss von Spiekeroog am Finger. Missmutig steckte Mütze die Kopien wieder in den Umschlag.

Karl-Dieter war froh, ein Stündchen für sich zu haben. Mütze hätte nur wieder die Nase gerümpft, wenn er ihm von seinen Plänen erzählt hätte. So war er allein zum Inselfriedhof und hatte auf das Grab von Agathe, Bertha und Cecilia drei Heckenrosen gelegt und dazu ein stilles Gebet gesprochen. Das ABC-Geschwader, die letzten Trümmerfrauen vom Revier, waren im vergangenen Jahr auf bestialische Weise ermordet worden, nun ruhten sie, wie sie es sich gewünscht hatten, im Sand von Spiekeroog.

Vom Friedhof zurück hatte sich Karl-Dieter in der Inselapotheke noch eine spezielle Sonnenschutzcreme für die Lider gekauft, reagierten diese doch besonders empfindlich auf Alterungsprozesse. Karl-Dieter hatte sich für diesen Urlaub eine ausgetüftelte Sonnenmilchstrategie ausgedacht. Jede Körperpartie bekam ihren eigenen Lichtschutzfaktor zugeordnet. Warum sollte er die teure 50er-Creme in den Innenseiten der Oberschenkel verschmieren, wo eh kaum ein Lichtstrahl hindrang? Da reichte Faktor 20 vollkommen aus. Nachdem er auf dem WC der Kurverwaltung seine Lider eingecremt hatte, war er noch ins benachbarte Schwimmdock gegangen, um in der oberen Etage einen Termin für eine Wohlfühlmassage auszumachen. Auch das gehörte für ihn zum Urlaub, sich mal etwas Wellness zu gönnen, egal, was Mütze davon hielt. Jeder von ihnen hatte schließlich sein eigenes Einkommen und konnte frei darüber verfügen.

Eine Viertelstunde später saßen die Freunde in ihrem Strandkorb. Entgegen aller Prognosen hüllte sich der Himmel weiter in dichte Wolkenschleier, auch war ein frischer Wind aufgekommen, im Schutz des Korbes jedoch war es gut auszuhalten. Natürlich war Karl-Dieter neugierig auf das, was Ahsen Mütze zugesteckt hatte. Er beherrschte sich aber und stellte keine Fragen.

Normalerweise war er nicht davon angetan, wenn Mütze im Urlaub ermittelte, in der jetzigen Situation allerdings war alles besser, als quälende Grübeleien. Angestrengt vermied es Karl-Dieter zudem, über Manni zu sprechen und was mit ihm passiert war. Jedem anderen wäre es ein Bedürfnis gewesen, sich alles von der Seele zu reden, wieder und wieder, bis das Kapitel geschlossen werden konnte, nicht so Mütze. Er hatte einmal darüber geredet und damit war es genug. Von nun an würde er die Sache mit sich selbst ausmachen. So war er nun mal, da war nichts daran zu ändern.

»Ich mach noch eine Strandwanderung«, sagte Mütze.

»Ist gut«, sagte Karl-Dieter, »wann sehen wir uns wieder?«

»Ich schreib dir eine WhatsApp.«

Karl-Dieter sah Mütze hinterher, wie er am Meeressaum entlang Richtung Osten wanderte. Dass sich ihre Wege selbst im gemeinsamen Urlaub gelegentlich trennten, war nicht ungewöhnlich. Während Karl-Dieter stundenlang im Strandkorb sitzen konnte, in ein Buch vertieft oder einfach nur ins Spiel der Wellen versunken, musste sich Mütze ständig bewegen, besonders, wenn ihm etwas durch den Kopf ging, und im Moment ging ihm einiges durch den Kopf.

Wie aus dem Nichts kullerte ein Ball vor seine Füße. Karl-Dieter beugte sich nieder und griff ihn sich, als ein kleiner Junge um die Ecke gestapft kam. Mit großen Augen blieb er stehen, sah Karl-Dieter treuherzig an und streckte beide Hände aus.

»Hopp!«, rief Karl-Dieter und warf ihm den Ball zu, worauf der Kleine glücklich wieder verschwand.

Karl-Dieter entfuhr ein kleiner Seufzer, dann stand er auf und beschloss, sich einen Sanddorn-Shake aus der nahen Strandbar zu holen. Als er sich an der Fußwaschanlage vom Sand befreite, wurde er mit einem freundlichen Hallo begrüßt. Es war Sabine. Ein Milch-Shake? O ja, da sei sie mit dabei! Karl-Dieter ging in die Bar und besorgte die Shakes, damit setzten sie sich auf die Holzterrasse in den Windschatten einer Glasscheibe.

»Heiko hat heute seinen Bürotag«, sagte Sabine, nachdem Karl-Dieter ziemlich linkisch mit ihr angestoßen hatte, »du sagst es ja nicht weiter, aber morgen wollen wir in See stechen, ein Tagestörn nach Helgoland hin und zurück. Heiko will nicht, dass ich darüber rede, alter Seemannsaberglaube, sagt er.«

Karl-Dieter nickte. Einerseits freute er sich Sabine zu sehen, andererseits war ihm die Begegnung peinlich. Angestrengt überlegte er noch, ob er ansprechen sollte, was gestern zwischen Mütze und Heiko passiert war, als ihm Sabine die Entscheidung abnahm.

»Manchmal passieren ja komische Dinge, gestern zum Beispiel. Zuerst war ich total erschrocken, als Heiko zurückkam, seine Nase, weißt du, sah wirklich übel aus. Dann aber bin ich direkt froh darüber gewesen, seltsam nicht?«

Karl-Dieter sah sie verwundert an.

»So klärt ihr Männer eben eure Konflikte«, erklärte Sabine, »eine blutige Nase kann manchmal auch eine Lösung sein.«

»Du meinst ...«

»Ich meine, Heiko wirkte trotz des erlittenen Schlages erleichtert, ja, regelrecht gelöst, fast heiter. Es war, als hätte Mützes Faust alles geklärt, so wie ein Gewitter die Schwüle vertreibt. Heiko hat seine gerechte Strafe erhalten, er hat für seinen Fehler bezahlt, ist das nicht großartig?«

Karl-Dieter blickte sie skeptisch an. Sabine wusste offensichtlich nicht, wie die Sache tatsächlich gelaufen war. Fehler? Ihr feiner Freund war nichts als ein feiger Mörder. Wie aber konnte Sabine das wissen! Heiko würde den Teufel tun, ihr reinen Wein einzuschenken. Und nun reimte sie sich irgendwas zusammen. Was sollte er dazu sagen?

Zerstreut versuchte er, eine Wespe zu verscheuchen, die um seinen Strohhalm herumtanzte. Mit einem Mal empfand er das Gespräch als unangenehm.

»Versteh doch, Karl-Dieter«, sagte Sabine, »all die Jahre ist er mit dem schrecklichen Wissen ganz allein herumgelaufen und nun wollte es das Schicksal, dass er auf Mütze trifft. Und plötzlich merkt er, wie falsch das Schweigen gewesen ist und dass ein Weiterleben nur möglich ist, wenn er sich von seiner Schuld befreit. Und so bringt er es tatsächlich über sich, Mütze von dem Brief zu erzählen, ihm zu beichten, wie er den armen Manni ins Unglück gestürzt hat. Wäre Mütze kommentarlos gegangen, ich weiß nicht, was mit Heiko passiert wäre. Doch Mütze hat ihm eine gescheuert, hat ihm die Nase blutig geschlagen! Ist das nicht wunderbar?«

»Ich weiß nicht«, sagte Karl-Dieter langsam.

»Aber ich«, sagte Sabine und ihre Augen begannen zu leuchten. »Ich hab lange darüber nachgedacht, Karl-Dieter, die halbe Nacht. Wenn Heiko sich gewehrt hätte, wenn er zurückgeschlagen hätte, was er normalerweise gemacht hätte, denn so ist er nun mal, dann wäre alles verloren gewesen. Dass er es nicht getan hat, darin besteht Heikos Größe. Er hat den Schlag als gerechte Strafe akzeptiert, hat Mütze zu verstehen gegeben, dass er nichts anderes verdient hat.«

Karl-Dieter nickte unbestimmt und sog hastig an seinem Shake. Was sollte er dazu sagen? Sabine machte sich was vor, auf furchtbare Weise, und wer weiß, vielleicht wollte sie sich auch was vormachen. Sie wollte einfach nicht kapieren, was für einen schrecklichen Menschen sie da an ihrer Seite hatte. Größe? Reue? Buße? Nichts dergleichen! Ein Mörder und Zyniker war dieser Heiko, einer, der nicht ertragen konnte, dass es da jemanden gab, der versuchte, gerade und anständig durchs Leben zu gehen. Schon als Schüler hatte er Mütze dafür gehasst, und gestern hatte er seine Chance kommen sehen, es ihm endgültig zu zeigen. Schlimm genug, dass er Manni den Stuhl unter den Füßen weggetreten hatte, mit dem Mord aber auch noch zu prahlen und Mütze zu verhöhnen, das war der Gipfel. Karl-Dieter bebte. Wäre ihm Sabine nicht so sympathisch, er hätte ihr das alles an den Kopf geknallt. Sympathie war eine der gefährlichsten Emotionen. Sie stellte sich der Wahrheit brutal in den Weg.

Sabine sah zu den Dünen hinüber, hinter denen man die Brandung brausen hörte. In diesem Moment flammte die Sonne auf. Sabine nahm ihre Sonnenbrille aus dem strohblonden Haar und schob sie sich vor die Augen.

»Ich bin so froh, dass ich dich getroffen habe«, sagte sie. »Ich habe sonst niemanden, um so offen über Heiko zu sprechen.«

Karl-Dieter atmete tief durch und fasste einen Entschluss. »Meinst du, ich könnte Heiko einen kurzen Besuch abstatten?« Ihm war klar, dass Mütze stinksauer auf ihn sein würde, dennoch spürte er, dass es sein musste und dass es keinen Aufschub geben durfte. Es gab keine andere Lösung, es gab nur diese eine.

»Jetzt sofort?«, fragte Sabine erstaunt.

Karl-Dieter lief den Slurpad Richtung Dorf. Sabine hatte spontan angeboten, ihn zu begleiten, was Karl-Dieter unter allerlei Vorwänden abgewendet hatte. Als er auf der Höhe der alten Villa ankam, in der die Mitglieder der DLRG untergebracht waren, setzte er sich auf die Bank unter der alten Ulme, sah sich um und zog sein Handy aus der Tasche. Zum Glück kannte er sich mit der Diktierfunktion gut aus. Sie hatte ihm bereits bei seiner Arbeit als Bühnenbildner manchen guten Dienst erwiesen, wenn er eine neue Idee spontan festhalten konnte. Karl-Dieter drückte das Mikrofon-Symbol und auf die Aufnahmetaste. Dann steckte er das Handy zurück in die Brusttasche seiner Jacke. Dass es erst einmal Blödsinn aufzeichnete, machte nichts, wichtiger war es, jeden Verdacht zu vermeiden und die Aufnahme nicht in Heikos Sichtweite zu starten.

Zehn Minuten später stand er am Ende des Bootsanlegers, die schaukelnde Yacht vor sich. Heiko hatte ihn bereits kommen sehen. Er trug einen albernen weißen Anzug mit Schulterklappen und eine weiße Schirmmütze. »Wie der Kapitän vom Traumschiff«, dachte sich Karl-Dieter.

»Was willst du?«, rief Heiko unwirsch.

»Kann ich dich einen Moment sprechen?«

»Wozu? Ich bin beschäftigt.«

»Nur auf eine Minute.« Ein paar schnelle Schritte über die Planke und Karl-Dieter war an Bord.

»Hör zu«, sage Heiko, »ich hab absolut keine Zeit. Also mach's kurz.« Seine Nase sah wirklich übel aus. Mütze musste kräftig zugeschlagen haben.

»Geht's wieder?«, sagte Karl-Dieter und tippte teilnahmsvoll gegen die eigene Nase.

»Bist du deshalb gekommen?«

»Nein, ich bin wegen Manni hier.«

»Wegen Manni?« Heiko lachte spöttisch auf. »Sei froh, dass Manni tot ist, sonst hätte er dir Mütze am Ende noch weggeschnappt.«

»Dann soll ich mich wohl bei dir bedanken, dass du ihn umgebracht hast?« Karl-Dieter spürte, wie seine Stimme zu beben begann, aber er gab sich keine Mühe, seine Wut zu verbergen. Im Gegenteil, Wut konnte jetzt sehr hilfreich sein.

»Oh, oh«, sagte Heiko und mit tadelndem Gesicht, »was sind denn das für Geschichten?«

»Stell dich nicht so blöd«, rief Karl-Dieter, »du hast ihn auf dem Gewissen, du elender Schurke.«

»Auf dem Gewissen?« Heiko verschränkte seine Arme und fing an zu lachen. »Der gute Manni hat sich selbst umgebracht, weißt du das denn nicht? Er hat sich aufgehängt. So hat er am Strick gebaumelt!« Dabei verdrehte er die Augen und legte sich mit den Händen ein Tau um den Hals.

Das war zu viel für Karl-Dieter. Mit einem gurgelnden Geräusch stürzte er sich auf Heiko, der jedoch geschickt auswich. Karl-Dieter griff ins Leere, geriet ins Stolpern und fiel der Länge nach hin. Sein Handy rutschte aus der Tasche und schlitterte über das Schiffsparkett.

Mit einem Sprung bemächtigte sich Heiko des Geräts, wischte auf dem Display herum und lachte laut auf: »Fräulein Susi, zum Diktat!« Grinsend schaltete er das Telefon aus und streckte es Karl-Dieter entgegen, der sich mühsam aufrappelte.

»Da musst du dir schon was anderes einfallen lassen«, rief Heiko, zog das Handy mit einer raschen Bewegung wieder zurück und warf es in hohem Bogen in die Fluten.

Spiekeroog war nicht groß. In einer halben Stunde war man vom offenen Meer zum Watt spaziert. Ausgiebiger konnte man entlang des Strandes marschieren, an die zehn Kilometer maß die Insel von West nach Ost. Kaum hatte Mütze die letzten Strandkörbe hinter sich gelassen, das Reservat der Hundebesitzer, traten die Randdünen zurück und gaben eine riesige Sandfläche frei, auf der bei kräftigem Wind Strandsegler in ihren dreirädrigen Kisten kreuzten. Mütze aber ging nicht durch Spiekeroogs Sahara, sondern wählte den Weg dicht am Meeressaum entlang. Einmal zwang ihn ein Priel, sich die Schlappen auszuziehen und die Hosenbeine aufzukrempeln, ein anderes Mal musste er einem Angler ausweichen, der seinen Köder weit in die Wellen geworfen hatte. Je länger er schritt, desto einsamer wurde es. Kaum ein Mensch begegnete ihm noch und in der Ferne wuchs der Big-Ben von Wangerooge immer höher in die Luft.

Dieser Bereich von Spiekeroog schien den Vögeln zu gehören, zahlreiche Möwen ließen sich auf dem Sand nieder, die Schnäbel gegen den Wind gerichtet. Auch im flachen Wasser sah Mütze Tausende von Seevögeln stehen, kleine schwarze mit dünnen Beinen, die mit ihren Schnäbeln Jagd auf treibende Fische oder

Krebse machten. Davon, dass sich ein Mensch näherte, ließen sie sich zunächst nicht stören. Erst als Mütze auf wenige Meter herangekommen war, erhob sich ein Vogel, worauf sich die anderen wie auf ein geheimes Signal ebenfalls schreiend in die Lüfte warfen.

Mütze hatte das Ende der Insel erreicht. Vor ihm lag Wangerooge, getrennt nur durch eine schmale Wasserstraße, auf der eine Fähre gegen die Flut kämpfte. Mütze ging weiter den Strand entlang, der jetzt eine scharfe Biegung nach Süden machte und kam zur Wattseite der Insel. Das Festland mit seinen Häfen und Windkraftanlagen lag nun vor ihm und die grüne Seite Spiekeroogs. Ein Pfad führte durch das Naturschutzgebiet, gespaltene, an ihrem oberen Ende grün markierte Pfähle kennzeichneten von Zeit zu Zeit den Weg. Allerlei Pflanzenteppiche wechselten sich ab, Rohr und Schilf bogen sich im Winde, harte Gräser auch, die an den Beinen schmerzten. Einmal lagen die bleichen Knochen eines Hasen am Wege, ein anderes Mal das zerrissene Gefieder einer Möwe. Manchmal leuchtete es weiß oder gelb auf, kleine Blümchen, zitternd und sehr dicht am Boden.

Mütze nahm das alles nicht wahr. Er war froh um die Einsamkeit, denn in seinem Kopf hämmerte es. Immer wieder zwang er sich, nicht an Manni zu denken, und immer wieder drängte sich ihm der Moment vor Augen, als Heiko den Stuhl kalt lächelnd umstieß. Wieder und wieder schoss Mütze der Gedanke durchs Hirn, Heiko anzuzeigen. Das Wort eines unbescholtenen Polizisten, wog es nicht schwerer als die Aussagen eines zwielichtigen Lügners? Stets aber verwarf er diesen Gedanken wieder, dafür war er zu lange im Geschäft. Er würde sich nur lächerlich machen und den Triumph von Heiko noch vergrößern.

Was würde denn geschehen, wenn Mütze zur Staatsanwaltschaft ging und berichtete, was Heiko ihm gestanden hatte? Man würde als nächstes Heiko vernehmen, Zeugen gab es ja keine, bis auf Manni und der war tot. Heiko würde natürlich alles abstreiten, empört würde er Mütze einen Racheakt vorwerfen, die blutige Nase als Beweis für Mützes Kontrollverlust anführen. Im günstigsten Fall würde er sagen, Mütze habe da was falsch verstanden. Ein Stuhl sei umgefallen, ja, aber doch nur, weil Manni ihn umgeworfen habe. Niemals hätte er dabei nachgeholfen, wie man nur auf eine solche Idee komme! Die Geschichte sei ja so furchtbar, furchtbar für alle Beteiligten. Da könnten die Nerven schon mal blank liegen, das verstehe er ja, so könnten Missverständnisse auftreten, das nehme er Mütze überhaupt nicht übel, wirklich nicht. Er sei ja selbst schuld daran, er hätte den Brief nicht unterschlagen dürfen. Wenn er gewusst hätte, was er damit anrichten würde, hätte er niemals so eine Dummheit gemacht, natürlich nicht. Dann würde er sich freundlich von dem vernehmenden Kollegen verabschieden und seiner Wege gehen, fröhlich und sehr, sehr zufrieden mit sich.

Mütze schüttelte den Kopf. Einen solchen Triumph würde er nicht ertragen, es ging nicht anders, er musste damit leben, auch wenn er nicht wusste, wie das zu schaffen war.

Am Rand eines kleinen, zur Hälfte mit Brackwasser gefüllten Sandlochs, in dessen Nähe zwei Enten durchs Gras watschelten, setzte sich Mütze nieder und zog erneut den Umschlag hervor, den Ahsen ihm zugesteckt hatte. Erneut studierte er Wort für Wort alles, was man über den neuen Fall wusste, auch und besonders aufmerksam den Obduktionsbefund. Dem Scharfsinn des Rechtsmediziners und der guten Recherche Ahsens war es zu verdanken, dass man den Todeszeitpunkt recht genau bestimmen konnte, er lag in der Nacht von Freitag auf Samstag. Freitagnacht waren Karl-Dieter und er noch in Erlangen gewesen, erst am Samstagnachmittag waren sie mit der Fähre auf Spiekeroog gelandet. Eigene Beobachtungen also schieden aus. Auch die Todesursache war eindeutig, der zertrümmerte Schädel sprach für sich. An Spuren hatte man nur die Sache mit der Handynummer der unbekannten Frau, falls es denn eine Frau war, und den Zettel mit der ominösen Botschaft »Heute um 20:00 Uhr«. Beide Spuren konnten völlig harmlos sein. Eine Frau, vielleicht eine sich langweilende Touristin, hatte dem Strandkorbverleiher eine Karte zugeschoben und sich Hoffnung auf ein Rendezvous gemacht. Angenommen, Kennemann hatte daraufhin Kontakt aufgenommen, warum sollte sie ihn niederschlagen? Und mit dem Zettel hatte ihm möglicherweise ein Skatbruder den Zeitpunkt ihres nächsten Treffens mitteilen wollen. Klang alles nicht sehr ergiebig.

Ein weiteres Mal wandte sich Mütze dem Obduktionsbefund zu. Als er am Ende der dritten Seite angekommen war, verschmälerten sich seine Augen und er studierte den Abschnitt mit zunehmender Aufmerksamkeit. Warum war ihm das nicht schon vorher aufgefallen? Die Sache mit den Lackspuren an der rechten Hand. Das war für einen Strandkorbverleiher, der hin und wieder einen beschädigten Korb ausbessern musste, nun wirklich nichts Spektakuläres. Merkwürdig war etwas anderes: an der linken Hand gab es keinen Lack. Mütze war kein großer Heimwerker, das immerhin wusste er von den Ausbesserungsarbeiten, die er gelegentlich an seinem Manta vornahm, und auch vom Streichen ihrer Wohnung: Wenn man sich mit Farbe beschmierte, dann meist an beiden Händen. Und einen Handschuh benutzte man sicher nicht an nur einer Hand. Nein, wahrscheinlicher war da schon, dass Kennemann versehentlich eine frisch gestrichene Fläche angefasst hatte. Das würde auch erklären, warum an der Handfläche und an den Innenseiten der Finger und des Daumens Lackspuren gefunden worden waren, aber nicht am Handrücken. Und noch etwas sprach für den ungewollten Kontakt: Bei dem Lack handelte es sich um Klarlack, den man leicht übersehen konnte. Mütze fiel die Dose mit dem Schiffslack ein, die er auf Heikos Yacht gesehen hatte. Zugegeben, diese Spur war höchst unwahrscheinlich.

Aber wenn es doch einen Zusammenhang gab? Wenn dieser Kennemann auf der *Beauty Queen* gewesen war? Und wenn es dort, aus welchem Grund auch immer, einen Kampf gegeben hatte?

Rasch erhob sich Mütze und marschierte weiter, sein Tempo nun deutlich beschleunigend. In der Ferne sah er bereits den Inselhafen liegen. Die Fähre lief gerade aus und ließ nach altem Brauch ihr Horn ertönen. Mütze fiel in einen leichten Laufschritt. Er wusste, dass er sich nicht korrekt verhielt. Ahsen erwartete von ihm, dass er sich zurückhielt, im Gegenzug würde ihn der Inselpolizist auf dem Laufenden halten. Diese unausgesprochene Vereinbarung würde er nun brechen, doch es ging nicht anders. Erstens war zu wenig Zeit, um die offiziellen Ermittler zu informieren, und zweitens das Risiko zu groß, dass dieser Trellenburg abwinken würde. Lackiert wurde schließlich auf der halben Insel, warum sollte man sich Heiko van Gehlen vorknöpfen, nur weil Mütze einen Groll gegen ihn hegte?

Bald hatte Mütze das Windrad erreicht, das im Vergleich zu seinen Geschwistern am Festland wie ein Spielzeug wirkte. In seinem Schatten lag das Inselinternat mit dem Naturkundemuseum Wittbülten. Mütze orientierte sich weiter an der Wattseite, entschied sich aber für den gepflasterten Weg, kam man doch auf festem Untergrund schneller voran. Eine Viertelstunde später rannte er den Dorfdeich hinauf und folgte diesem in Richtung Hafen. Er hatte sich einen Plan zurechtgelegt. Mit etwas Glück würde er bald Klarheit darüber haben, ob seine Theorie stimmte. Oh, wie er hoffte, dass sie stimmte! Klein war die Hoffnung, ein Funke nur, wenn er aber Recht hatte, was für eine Chance tat sich dann auf! Rache! Er würde Rache nehmen, auf welche Art auch immer. Rache für Manni! So süß konnte kein anderes Gefühl sein. Als Mütze die Stelle erreichte, von der aus man den Yachthafen vor sich liegen sah, blieb er wie angewurzelt stehen. Wo war das Boot? Wo war van Gehlens Yacht? Wo die *Beauty Queen* angelegt hatte, klaffte eine große Lücke. Im selben Augenblick klingelte Mützes Handy.

Mensch, Karl-Dieter! Was sind das wieder für Geschichten? Mütze war stinksauer. Er war mit seinem Freund zu einer Bank im Rosengarten gegangen, wo sie ungestört waren.

»Sei froh, dass es auf Spiekeroog noch eine Telefonzelle gibt«, schnaufte Karl-Dieter.

»Also noch mal von vorne«, sagte Mütze, »du wolltest Heiko ein Geständnis abtrotzen und alles mit deinem Handy aufzeichnen?«

»Was sollte ich denn machen? Ich hab eine solche Wut auf den Kerl.«

»Und da hast du beschlossen, Sherlock Holmes zu spielen.«

Karl-Dieter schwieg. Er wusste, wie sehr es Mütze hasste, wenn er sich in seine Ermittlungen einmischte.

Das hier aber war doch ganz was anderes. Mütze war Opfer eines perfiden Plans geworden, sein sauberer Schulfreund wollte ihn fertigmachen. Da konnte er unmöglich zuschauen, da musste er einfach etwas unternehmen!

»Und was hast du erreicht?«, erwiderte Mütze. »Nun macht er sich auch noch über dich lustig und ist zu allem Überfluss auf und davon.«

»Ne, ne, dass er weg ist, hat nichts mit mir zu tun. Sabine hat mir erzählt, sie brechen morgen zu einer Helgolandtour auf.«

»Und warum, bitte schön, sind sie dann jetzt schon weg? Vielleicht, um keinem übereifrigen Hilfskommissar mehr zu begegnen?«

»Wenn du nicht so garstig wärest, würde ich dir verraten, wo wir sie finden«, brummte Karl-Dieter und zupfte verstimmt ein Blatt von einer Rose.

Kaum ein zweiter Ort, an dem man den Sternenhimmel noch in einer solchen Pracht erleben konnte. Lichtverschmutzung kannte man auf Spiekeroog nicht. Wurde es Nacht, knipste sich ein Stern nach dem anderen an, bis das Firmament auf erhabene Weise leuchtete, besonders, wenn der Mond wie heute nur als schmale Sichel über sein dunkles Reich wachte. Mütze hatte im Gegensatz zu Karl-Dieter kein Auge für die Schönheit dieses Augenblicks.

»Irgendwie surreal, findest du nicht?«, flüsterte Karl-Dieter und konnte sich an dem Bild nicht sattsehen.

Die beiden Freunde kauerten auf der Kuppe einer einsamen Randdüne in der Nähe des Sturmecks, nur wenige Minuten von ihrem Quartier entfernt, neben ihnen lag eine lange Sprossenleiter. Vorsichtig lugten sie durch die Blätter des Strandhafers. Das Meer hatte sich weit zurückgezogen und glänzte matt in der Ferne. Vorne am Strand aber, mitten auf dem hellen Sand, lag ein prächtiges Schiff, stolz und aufrecht, als könnte es über den Sand segeln, die *Beauty Queen*.

»Surreal?« Mütze wusste nicht, was Karl-Dieter meinte. Er war nur froh, dass Karl-Dieter Recht behalten hatte. Sabine hatte ihm beim gemeinsamen Milchshake erzählt, dass Heiko heute den Hafen verlassen wollte, um mit der *Beauty Queen* zum Weststrand zu schippern. Die Ebbe würde die Yacht behutsam auf dem Sand absetzen, mit der ersten Flut könnten sie dann in aller Früh in See stechen. So gewännen sie wertvolle Zeit, um am Abend nach Spiekeroog zurückzukehren.

Karl-Dieter hatte vorgeschlagen, ihre Rückkehr abzuwarten, im Yachthafen wäre es doch viel leichter, ihren Plan umzusetzen. Aber Mütze hatte abgewunken. Er war misstrauisch. Wer sagte ihnen, dass van Gehlen tatsächlich vorhatte, zurückzusegeln? Vielleicht war auch das nur eine Finte, vielleicht wollte er sich endgültig vom Acker machen. Hatte er nicht etwas von einer Atlantiküberquerung gefaselt? Vielleicht war ihm der Boden auf Spiekeroog zu heiß geworden und sie würden ihn niemals kriegen. Wenn er Heiko den Mord an Manni schon nicht nachweisen konnte, dann eben ein anderes Verbrechen. Dieser Gedanken war Mützes ganze Hoffnung, an ihn klammerte er sich wie ein Ertrinkender.

»Das Wichtigste ist, keine Geräusche«, schärfte er Karl-Dieter ein. Jedes kleinste Kratzen an der Bordwand würde sie verraten.

»Eye, eye Sir!«, brummte Karl-Dieter. Er war doch nicht aus Dummsdorf. Das war nun wirklich nicht der erste Fall, bei dem er assistierte.

»Geht's los?«

»Noch ein Viertelstündchen.«

Zwar waren auf dem Schiff schon vor über einer Stunde die Lichter gelöscht worden. Doch sie konnten ja nicht wissen, wie schnell das Pärchen in den Schlaf fiel. Heiko musste allein mit Sabine an Bord sein, ihrem Stewart hätten sie ein paar Tage Urlaub gegeben, hatte Sabine Karl-Dieter verraten. Langsam wurde es kalt auf dem Dünensand, dennoch wartete Mütze noch ab. Lieber auf Nummer sicher gehen. Als die Viertelstunde verstrichen war, packte sich Mütze die Leiter, die sie sich aus dem Fahrradschuppen ihres Vermieters heimlich entliehen hatten, und sie zogen los. Ihre Augen hatten genügend Zeit gehabt, sich an die Dunkelheit zu gewöhnen. Im Licht der Sterne sahen sie die *Beauty Queen* in völliger Klarheit vor sich liegen.

»Gut, dass der Sand alle Schritte schluckt«, dachte sich Mütze.

Dann hatten sie den Rumpf des Schiffes erreicht. Jetzt erst erkannten sie, wie groß die Yacht tatsächlich war. Hoffentlich war die Leiter lang genug. Mütze hatte eines seiner Sweatshirts über ihr oberes Ende gezogen, so würde sie beim Anlegen keine Geräusche machen. Allerdings konnte das Ding nun leichter abrutschen, eben deshalb benötigte Mütze Karl-Dieter, obwohl er die Aktion am liebsten allein durchgezogen hätte.

Sie verständigten sich ohne Worte, sie hatten ja jedes Detail genau besprochen. Mit Bedacht richtete Mütze die Leiter auf, steil, sehr steil, sonst würde es ihm nicht gelingen, über die Reling zu klettern. Äußerst vorsichtig ließ er sie gegen den oberen Schiffsrumpf gleiten. Gut so! Alles lief vollkommen lautlos ab. Behutsam stieg Mütze ein paar Sprossen hoch. Nur gut, dass er die Idee mit dem Sweatshirt gehabt hatte! Unter seinem Gewicht gab die Leiter nach und versank bis zur ersten Sprosse im feuchten Sand, dennoch war nicht das leiseste Schaben zu hören. Mütze blickte hinauf. Hoffentlich kam er über die Reling. Karl-Dieter trat näher und hielt nun die Leiter fest. Okay! Es konnte losgehen. In gleichmäßigem Tempo erklomm Mütze Sprosse für Sprosse, bis er das Ende der Leiter erreicht hatte.

Nun kam der gefährlichste Teil: die letzten Sprossen der Leiter. Mütze hatte nichts mehr, woran er sich festhalten konnte. Denn noch war er nicht hoch genug, um die Bootskante zu packen. Sich mit den Händen an der glatten Bootswand abstützend kletterte er weiter, dann hatte er die Reling erreicht und zog sich zu ihr empor. Atemlos blickte Karl-Dieter dem Freund hinterher, bis er aus seinem Blick entschwand.

Langsam ließ Mütze seine nackten Füße auf das Deck nieder und sah sich um. Er befand sich wahrscheinlich ziemlich genau an der Stelle, an dem der Steg zum Landgang angelegt wurde. Hier musste Kennemann gestanden sein, wenn er denn an Bord der *Beauty Queen* gegangen war. In der Nacht nach einem Händeabdruck zu suchen, war aussichtslos. Vielleicht hatte van Gehlen ihn ja auch längst schon überstrichen. Vorsichtig schlich Mütze weiter und besah jede Ecke. Es war zu dumm. Von der Lackdose oder sonstigen Malerutensilien gab es keine Spur mehr. So ließ Mütze sein Smartphone stecken. Gerne hätte er die Dose fotografiert. Egal. Er würde schon an sein Beweismittel kommen.

Mütze beugte sich nieder, zog sein Taschenmesser hervor und klappte die Klinge heraus. Dann begann er an der Stelle, an der ihm bei seinem ersten Besuch die frische Lackierung aufgefallen war, an einer Kante ein winziges Stück wegzuhobeln. Vorsichtig und zugleich mit großer Kraft umfasste er den Messergriff, schnitt jedoch nur äußerst langsam, so dass man fast nichts hören konnte. Den kleinen, vielleicht fünf Zentimeter langen Lackstreifen wickelte er in ein Taschentuch, das er zusammen mit dem Taschenmesser wieder in die Hose gleiten ließ. Geschafft! Nun bloß weg! Aber als er über die Reling kletterte, stieß er unglücklich gegen das Geländer, ein hässliches Klackern ertönte. Das Taschenmesser! Rasch sah Mütze zu, dass er die Leiter hinunterkam. Auch Karl-Dieter war über das Geräusch erschrocken. Hoffentlich ging alles gut.

Als Mütze auf den Sand sprang, flammte an Bord ein helles Licht auf, Schritte ertönten. Atemlos drückten sich Mütze und Karl-Dieter so dicht wie möglich an die Rumpfwand. Jemand schien das Boot abzugehen. Im selben Augenblick landete krächzend eine Nachtmöwe auf der Takelage. Den Vogel hatte ihnen der Himmel geschickt! Die Schritte entfernten sich wieder und das Licht wurde gelöscht. Ein Weilchen noch hielten sich die beiden Freunde versteckt, dann ließen sie die Leiter behutsam in den Sand gleiten und eilten in Richtung Dünen davon.

Es war kurz nach Mitternacht. An der Tür der Polizeiwache zu klingeln verbot sich. Die Kunst war, Ahsen zu wecken, ohne zugleich Trellenburgs Nachtschlaf zu stören. Zunächst hatten sie es mit einem Anruf versucht, doch nur die Mailbox war angesprungen. Mütze hatte den Kopf geschüttelt. Das Handy auszuschalten! Als diensthabender Polizist! Das konnte man sich nur auf Spiekeroog erlauben, einer Insel, auf der gefundene Geldscheine von den Urlaubern höchstpersönlich zur Wache gebracht wurden. Wo gab es das noch, außer auf der Insel der Seligen? Nur damals, als Bundespräsident Rau regelmäßig auf Spiekeroog urlaubte, hatte es eine erhöhte Alarmbereitschaft gegeben und in den benachbarten Strandkörben von *Bruder Johannes*, wie man Rau scherzhaft genannt hatte, hatten Personenschützer in Badehosen gesessen, ein äußerst beliebter Job, wie man sich vorstellen kann.

Zum Glück wusste Mütze, wo Ahsens Schlafzimmer lag. Die dritte Muschel aus Karl-Dieters Hosentasche traf, wenige Momente später wurde das Fenster geöffnet.

»Ich komme runter«, rief Ahsen mit gedämpfter Stimme, als er die Freunde erkannte.

Sie setzten sich auf ein paar Klappstühle in Ahsens Garten, der hinter dem Haus lag, abseits des Zellenfensters, aus dem Trellenburgs Schnarchen die Nacht durchsägte.

»Du spinnst«, sagte Ahsen, nachdem Mütze ihm alles erzählt hatte.

Ungläubig sah er auf den kleinen Lackstreifen, der im Schein von Mützes Handydisplay aufleuchtete.

»Das gibt Ärger, das gibt gewaltigen Ärger.«

»Nehm ich auf meine Kappe«, sagte Mütze.

»Wie denn? Ich werde es sein, dem Trellenburg die Hölle heiß machen wird.«

Ahsens schlimmste Angst war es, nach Baltrum strafversetzt zu werden. Auf Baltrum, der kleinsten der ostfriesischen Inseln, gab es vermutlich nicht einmal Bollerwagen.

»Ahsen, bitte!«, sagte Mütze eindringlich, »wir haben keine Zeit zu verlieren. Morgen früh sticht van Gehlen in See.«

»Nochmal zum Mitdenken«, sagte Ahsen leise, »ich soll dafür sorgen, dass dieses Stück Lack, das du unrechtmäßig von der *Beauty Queen* abgesäbelt hast, auf schnellstem Weg nach Hannover in die Rechtsmedizin geschafft wird. Außerdem soll ich dort anrufen und eine sofortige Materialanalyse verlangen.«

»Korrekt«, sagte Mütze, »einen Vergleich mit den Lackspuren, die sie an der Hand von Kennemann gefunden haben.«

»Weißt du, was das alles kostet?«

»Weißt du, was es uns kosten wird, einen Mörder entkommen zu lassen?«

»Dann wecken wir doch Trellenburg.«

»Mensch, Ahsen«, sagte Mütze, »was glaubst du, wird Trellenburg machen?«

»Das einzig Vernünftige, wird er tun«, echauffierte sich Ahsen, »den Kopf wird er schütteln. Die van Gehlens sind eine hoch angesehene Familie. Was meinst du, was das für einen Wirbel geben wird!«

Mich interessiert nicht, wie angesehen ein Verbrecher ist, wollte Mütze erwidern, biss sich jedoch rechtzeitig genug auf die Zunge. Stattdessen sah er Ahsen nur eindringlich an.

»Okay, aber nur, weil du es bist«, sagte Ahsen und kratzte sich am Hals, »und komm mir nicht noch einmal mit so einer Sache.«

Während Karl-Dieter zu Bett ging, blieb Mütze wach. Wie hätte er jetzt schlafen können! Obwohl es sicher einige Stunden dauern würde, bis sie Bescheid bekamen. Ahsen hatte den Kapitän der *Zicke* losgeschickt, die Lackprobe nach Neuharlingersiel zu bringen. Das kleine Boot, das über einen starken Außenbootmotor verfügte, konnte auch bei Niedrigwasser fahren. Man benötigte die *Zicke* vor allem für Saisonarbeiter oder Handwerker, für die ging's morgens hin, abends wieder zurück.

Zusammen mit Ahsen und Karl-Dieter hatte Mütze dem Boot noch nachgeblickt, bis es in der Dunkelheit verschwunden war. In Neuharlingersiel wartete bereits ein Polizeikollege, der nächste Kurier. In der Rechtsmedizin von Hannover würde ein Laborant die Probe entgegennehmen und die Analyse vornehmen. Ging zum Glück blitzschnell. Mütze kannte sich damit aus. Es waren keine umständlichen chemischen Analysen mehr notwendig, sondern lediglich eine heiße Flamme. Man würde die Lackproben verglühen und das Lichtspektrum bestimmen, das sie beim Verbrennen aussenden würden. Das Spektrogramm war so charakteristisch wie ein Fingerabdruck. War der Bootslack der Beauty Queen mit den Lackspuren von Kennemanns Hand identisch, hatten sie van Gehlen am Wickel.

Mütze stand vom Sofa auf und ging zum Kühlschrank, um sich ein Fläschchen Jever zu holen. Dem Teller mit gekochten Eiern, die appetitlich halbiert und mit je einer Krabbe verziert in zwei Kreisen angeordnet waren, konnte er nicht widerstehen. Allerdings waren die Eier seltsam klein. Mütze entfernte die Frischhaltefolie und warf sich eine Eierhälfte nach der anderen in den Mund. »Einfach töfte«, fand Mütze. Bald war der Teller leergeputzt. Mütze spülte mit einem tiefen Schluck Jever nach.

Dass der Vergleich der Spektrogramme negativ ausfiel, daran verschwendete er keinen Gedanken. Was nur konnte Kennemann auf der *Beauty Queen* gewollt haben? Ob er mit van Gehlen unter einer Decke steckte, ob sie gemeinsame Geschäfte gemacht hatten, mit Drogen etwa? Ob es zum Streit gekommen war, vielleicht um Kennemanns Anteil? Ob van Gehlen deshalb zugeschlagen hatte? Oder ob Kennemann Heiko erpresst hatte? Aber womit? Gut vorstellbar, dass Heiko Dreck am Stecken hatte. Mütze hatte viel im Netz gegoogelt, Sabine hatte von sich aus Andeutungen gemacht, die in diese Richtung gingen. Van Gehlen war, aus welchem Grund auch immer, nicht mehr im Familienunternehmen tätig. Die Nickelwerke wurden jetzt von seinem Schwager geleitet. Was genau Heiko nun machte, hatte Mütze nicht herausfinden können. Wahrscheinlich könnte er von seinem Vermögen problemlos als Privatier leben, er hatte allerdings so getan, als würde er weiterhin in der Geschäftswelt mitmischen. Vermutlich brauchte er das für sein Ego. Immer wichtig, immer vorne dran. Wie damals auf dem Gymnasium.

Einmal hatten sie eine Exkursion nach Köln gemacht, es musste in der Sekunda gewesen sein. Nach der Stadtführung und dem Dombesuch sind sie gemeinsam zum *Früh*, der traditionellen Gastwirtschaft in der Nähe des Domplatzes. Natürlich hatten sie alle ein Kölsch bestellt, Heiko aber hatte nur die Nase gerümpft und Schampus geordert. Ein van Gehlen trinkt doch kein ordinäres Bier! Zum achtzehnten Geburtstag hatte ihm sein Vater einen Porsche geschenkt, ein Cabrio, versteht sich. Vom ersten Tag an war er mit der Protzkiste zur Schule gefahren und hatte sie auf dem Schulparkplatz neben die langweiligen Autos der Lehrer gestellt, natürlich nie, ohne den Motor noch einmal richtig röhren zu lassen. Andere beeindrucken! Was van Gehlen machte, zielte darauf ab. Seht her, was für ein toller Hecht ich bin! Gab er sich ausnahmsweise mal bescheiden, wie Sabine gegenüber, war das nur Taktik. »Ich kann auch sensibel«, wollte er damit suggerieren. Es war so durchsichtig und Sabine schien leider darauf reinzufallen.

Karl-Dieter, der Hobbypsychologe, hatte seine eigene Meinung zu Heiko. Was macht es mit einem Menschen, wenn ihm von klein auf alles in den Schoß fällt, ohne dass er sich dafür anstrengen muss? Der Mensch wird anfangen, sich fürchterlich zu langweilen. »Ist doch klar. Er braucht stets einen noch größeren, noch spektakuläreren Kick«, sagte Karl-Dieter. Als Heiko in den Keller gegangen war und Manni, den er hasste, weil er nicht ihn, sondern Mütze liebte, auf dem Stuhl hat stehen sehen, den Strick um den Hals, hat er die Chance für einen neuen, nie gekannten Kick gesehen. Dann hat er zugetreten.

Mütze zog eine weitere Flasche aus dem Kühlschrank. Psychologie hin oder her, was auch immer in Heiko vorgegangen sein mochte, es war ein feiger Mord gewesen und er würde dafür bezahlen.

Mittwoch

Mütze war kurz eingenickt, da klingelte sein Handy. Sofort war er wieder hellwach. Es war fast fünf, Ahsen war dran. Der sonst so ruhige Inselpolizist überschlug sich fast. Volltreffer! Der Lack sei identisch. Britischer Schiffslack, seltene Sorte, würde nur in Spezialgeschäften in der Gegend von Liverpool vertrieben. Er müsse sich kurzfassen. Trellenburg habe er schon informiert, der Kollege sei stinksauer, klar, aber zugleich wie elektrisiert. Sie würden sofort aufbrechen, das Wasser steige bereits, die *Beauty Queen* würde sicher bereits von der Flut umspült. Sie nähmen die *Zicke* und führen um die Insel herum, er würde sich dann wieder melden.

Mütze schmiss sich in seine Jeans und rannte die Treppe hinunter. Mitten durch die Dünen, die gleich hinter dem Ferienhaus begannen, führte ein Pfad in Richtung Meer. Mütze lief, so schnell es der weiche Sand zuließ, bis zu der Randdüne, zu der es steil emporging. Keuchend blieb Mütze an der Kuppe stehen. Hier hatte er gestern mit Karl-Dieter gelegen. Im Osten dämmerte es bereits, die Wellen kamen schon nahe heran. Der Strand aber war leer. Weit draußen auf dem Meer fuhr ein Schiff mit geblähten Segeln davon.

Die *Zicke* war kein hochseetüchtiges Boot. Dennoch hielt Ahsen Kurs und jagte dem Segelschiff hinterher. Von der Düne aus konnte Mütze beobachten, wie seine

Kollegen den Abstand langsam verringerten. Wie lange würde es dauern, bis die *Beauty Queen* die 12-Meilen-Zone erreicht hatte? Dort endeten die deutschen Hoheitsgewässer, hinter dieser Grenze würde man van Gehlen nicht mehr packen können. Zwar hatte man von der Düne einen völlig freien Blick, dennoch fiel es schwer, Entfernungen auf dieser Wasserwüste zu schätzen. Wie weit war es bis zum Horizont? Von ihm war die *Beauty Queen* noch ein gutes Stück entfernt und die *Zicke* war ihr bereits dicht auf den Fersen. »Fahrt zu, fahrt zu!«, zischte Mütze. Bald konnte er das kleine Boot nur mehr erahnen. Hätte er doch den Fernstecher mitgenommen!

Ahsen hielt das Steuer krampfhaft auf Kurs. Er wusste, wie gefährlich die Aktion war. Der Wellengang hatte auf der offenen See deutlich zugenommen, jedes Mal gab es einen Schlag, wenn sie gegen eine Woge prallten. Das Gute daran war, dass Trellenburg aufgehört hatte, ihn zu beschimpfen. Mit käsebleichem Gesicht klammerte er sich an die Reling. Die ganze Zeit über hatte er getobt. Vertrauensbruch, Illoyalität, Kumpanei, waren die harmlosesten Ausdrücke gewesen. Ahsen hatte bitter schlucken müssen. Mütze wollte die ganze Schuld auf sich nehmen? Bitte sehr, herzlich gerne!

Dummerweise kam der Wind aus Südost, so dass es der *Beauty Queen* voll in die Segel blies. Ahsen sah auf die Navigationsanzeige. Seemeile 9 war erreicht, noch hatte van Gehlen einen hübschen Vorsprung. Jetzt war alles egal, Ahsen drückte den Gashebel bis zum Anschlag. Vollgas! Die *Zicke* machte einen Sprung und hämmerte im harten Stakkato über die Wellenkämme. Seemeile 10, Seemeile 11 die Gischt spritzte am Bug wie Flocken von Schnee. Dann hatten sie endlich aufgeholt, Ahsen verlangsamte die Fahrt und fuhr dicht an die *Beauty Queen* heran. Trellenburg erhob sich mühsam, setzte das Megaphon an den Mund und rief: »Beidrehen! Polizei!«

Mit jovialem Lächeln empfing sie van Gehlen an Bord. Ob er den Herren etwas anbieten dürfe, fragte er sie, nachdem sie über eine Strickleiter über die Reling geklettert waren.

»Herr van Gehlen? Kennen Sie diesen Mann?«, begann Trellenburg, immer noch bleich wie ein Mozzarella-Käse, die Befragung.

Van Gehlen schaute auf das Foto, das man ihm hinhielt. Es zeigte Markus Kennemann.

»Ne. Keine Ahnung. Da kann ich Ihnen leider nicht weiterhelfen. Sonst noch was?«

»Haben Sie Ihr Boot jüngst gestrichen?«

Diese Frage schien van Gehlen zu überraschen. »Ja«, sagte er gedehnt, »warum wollen Sie das wissen? Ist das verboten?«

»Können Sie uns bitte die Lackdose zeigen?«

»Die Lackdose?« Van Gehlen lachte auf. Er hatte sich offensichtlich wieder gefangen. »Die habe ich ehrlich erworben, glauben Sie mir, das kann ich mir gerade noch leisten. Nun, wenn Sie darauf bestehen …«

Er ging zu einem Verschlag, hob den Holzdeckel und zog eine verklebte Dose hervor. Trellenburg nahm sie ihm ab. Sie war auf Englisch beschriftet.

»Eine britische Firma«, sagte er.

»Sehr zu empfehlen«, sagte van Gehlen, »nicht wirklich preiswert, der Lack, doch hart wie Kruppstahl.« Dabei klopfte er auf eine hölzerne Planke.

»Trocknet aber nur langsam«, sagte Trellenburg und deutete auf eine Stelle neben der Halterung für die Landungsbrücke. Im Schein der Sonne erglänzte der Abdruck einer Männerhand.

»Er hat keinen Widerstand geleistet«, berichtete Ahsen stolz, »wir haben die *Zicke* ins Schlepptau genommen und haben van Gehlen zurück nach Spiekeroog navigieren lassen. Stein und Bein hat er geschworen, Kennemann nicht zu kennen.«

Schelmisch lachte er über sein Wortspiel. Die Freunde saßen auf der Terrasse der *Teetied* und ließen sich ein Bierchen schmecken. Hier gab es das kultige Tannenzäpfle aus dem Schwarzwald, keine schlechte Alternative, wie Mütze fand. Karl-Dieter, der mitgekommen war, hatte sich Ostfriesentee bestellt, dampfend stand die Porzellankanne auf dem Messingstövchen.

»Er wollte uns für dumm verkaufen. Kennemann müsse heimlich auf sein Boot geschlichen sein, wahrscheinlich, um etwas zu klauen. Er kenne ihn nicht und habe keine Ahnung, wie er ums Leben gekommen sei. Aber es ist ihm nicht gelungen, uns zu linken. Als wir im Hafen ankamen, habe ich routinemäßig einen Blick in die Kiste geworfen, in denen die Rettungswesten aufbewahrt werden.«

Ahsen machte eine Kunstpause und seine Brust schwellte sich.

»Und?«, sagte Mütze ungeduldig.

»Ihr glaubt nicht, was ich darin gefunden habe! Ein Segel. Aber nicht irgendein Segel, ein total blutverschmiertes Segel. Da ist der liebe van Gehlen dann sprachlos gewesen. Ihr hättet sein Gesicht sehen sollen, als ich die Handschellen klicken ließ. Auf der Wache hat er uns dann einen neuen Bären aufbinden wollen, wollt ihr die Geschichte hören?«

»Erzähl!«

»Okay, okay, also gut, hat er gesagt, ich geb's zu, ich kenne diesen Kerl. Freitagabend hatte ich für mich und Sabine einen Tisch in der *Linde* bestellt, um acht. Vor dem Essen wollten wir ein Glas Champagner trinken, sie hatten aber nur diesen billigen Moët et Chardon auf der Karte, den Fusel hab ich beim letzten Mal schon nicht vertragen. Deshalb bin ich mit dem E-Bike zurück zum Hafen, um eine anständige Flasche zu holen. Als ich das Boot betrete, stürzt dieser Mensch auf dem Deck an mir vorbei. Wie ein Wahnsinniger springt er auf den Steg, unten sieht er sich panisch nach mir um, strauchelt, fällt und knallt mit dem Schädel gegen die

Kante seiner Sackkarre. Das Ding hatte ich schon auf dem Weg zur *Beauty Queen* bemerkt, es hätte mich misstrauisch machen sollen, ich hab halt gedacht, es gehört vielleicht einem Nachbarn. Ich natürlich gleich hinterher, aber da war nichts mehr zu machen. Er hat nur noch kurz geröchelt, dann war er tot. Denken Sie sich mein Entsetzen! Wenn man mir die Sache anhängt! In meiner Verwirrung hab ich ihn in ein Ersatzsegel gerollt und an Bord versteckt. Die Sackkarre habe ich an Ort und Stelle versenkt. Anschließend bin ich wieder zur *Linde*. In der Nacht, als Sabine schlief, hab ich die Leiche in meinen Fahrradanhänger verfrachtet und bin mit ihr hinaus in den Inselosten geradelt. Den Rest kennen Sie ja.«

Mütze kniff die Augen einen Moment fest zusammen. Dann sah er Ahsen an: »Und weiter?«

»Natürlich haben wir uns sogleich seine Yacht vorgenommen, Bootdurchsuchungsbeschluss, frisch von der Staatsanwältin«, sagte der Inselpolizist und konnte seinen Stolz kaum unterdrücken, »in der Kajüte sind wir fündig geworden.«

Bei diesen Worten zog Ahsen sein Handy hervor und wischte ein Foto herbei. Interessiert rückten Mütze und Karl-Dieter näher. Es zeigte eine verschlossene Metallbox, wie sie Camper benutzen. Auf dem nächsten war die Box geöffnet. Die Freunde staunten sehr.

»Bis zum Deckel mit Euros gefüllt, lauter Tausender. Insgesamt drei Millionen!«

Mütze pfiff durch die Zähne. »Nicht schlecht, Frau Specht.«

»Nagelneue Scheine«, sagte Ahsen, »jetzt wussten wir natürlich, was Kennemann an Bord gesucht hat.«

»Und was sagt van Gehlen dazu?«

»Schweigt. Auch seine Freundin weiß angeblich nichts. Sie ist aus allen Wolken gefallen. Wir haben sie für's Erste im Inselfrieden einquartiert. Die Yacht haben wir versiegelt. Den Stewart suchen wir noch, hat für ein paar Tage Landgang bekommen. Soll sich nicht auf Spiekeroog aufhalten.«

»Was ist mit der Sackkarre?«

»Haben Taucher runtergeschickt. Es gibt keine Sackkarre.«

Es war seltsam. Mütze spürte keinen Triumph, ja nicht mal die kleinste Genugtuung. Er hatte es geschafft, Mannis Tod war gesühnt, van Gehlen überführt. Die Unfallversion würde Heiko kein Richter der Welt abnehmen. Jemanden umzubringen, um eine andere Straftat zu verschleiern, das war ein klarer Fall von Mord. Und selbst wenn ein gnädiger Richter Totschlag urteilen würde, würde van Gehlen für viele Jahre in den Knast marschieren. Dennoch war Mütze nicht zum Jubeln zumute. Er war einfach nur erschöpft. Vielleicht lag es auch daran, dass er ewig nicht geschlafen hatte.

»Komm, lass uns nach Hause gehen«, sagte er zu Karl-Dieter.

Die beiden Freunde brachen auf und gingen zurück Richtung Westend. Es war gegen drei, ein wunderschöner Sommertag, alles schien am Strand zu sein. Die Kellnerin der *Linde* und van Gehlens Freundin hätten unabhängig voneinander die Champagnergeschichte von Freitagabend bestätigt, hatte Ahsen noch berichtet. Einige Fragen blieben jedoch weiter offen. Wie hatte Kennemann von der Geldkiste erfahren? Und woher kam das Geld? Van Gehlen war ein reicher Mann, kein Zweifel, aber auch reiche Männer pflegten nicht, solche Mengen an Bargeld auf ihrer Yacht zu bunkern.

»Vielleicht Gewinne aus Drogengeschäften?«, meinte Karl-Dieter, als sie das alte Rettungshaus passierten.

»Möglich«, sagte Mütze müde, »oder Schwarzgeld, das er außer Landes schaffen wollte.«

Als sie ihr Ferienhaus erreicht hatten, klingelte Mützes Handy.

»Ja?«

»Hier noch mal Ahsen. Wir haben herausgefunden, wem das Geld gehört.«

»Und?«

»Den Iranern.«

»Wie bitte?«

»Devisenschmuggel. Dem iranischen Regime steht das Wasser bis zum Hals, die Amis wollen sie aushungern und ihnen den Geldhahn zudrehen. Auch Deutschland muss sich daran halten. Gab schwer

Ärger, als die Iraner ihr Auslandsvermögen zurückholen wollten, das bei deutschen Banken liegt. Alle Überweisungen wurden auf Anweisung Washingtons gestoppt. Da sind die Iraner auf die Idee mit dem Bargeld verfallen. Van Gehlen ist nur der Bote. Er sollte die Geldkiste mit der *Beauty Queen* zu einem pakistanischen Frachter bringen, der sollte es übernehmen und nach Persien schippern. Stell dir vor, selbst das BKA hat uns gratuliert!«

»Da schließe ich mich an.«

»Ach komm, Mütze. Ohne dich hätten wir den Kerl niemals geschnappt. Das hat schließlich selbst Trellenburg eingestanden. Du glaubst nicht, wie seine Zähne dabei geknirscht haben.«

Mütze musste lächeln. »Danke für die Info! Bis bald!«

Als Mütze ins Bett fiel, fühlte er sich wie erschlagen. »Alles ist gut«, redete er sich ein. Van Gehlen saß endlich in der Zelle. Das machte Manni zwar nicht wieder lebendig, aber es war doch so etwas wie eine späte Form von Gerechtigkeit. Wofür ein Mensch im Knast saß, war schließlich nicht so wichtig, entscheidend war, dass er seine Strafe bekam.

Mütze wühlte seinen Kopf ins Kissen. Heiko hatte versucht, auch sein Leben zu zerstören. Sein hämisches Grinsen, als er ihm mitgeteilt hatte, wie Manni zu Tode gekommen war, würde er nie vergessen. Aber nun war abgerechnet worden. Heiko hatte sich zu sicher gefühlt, hatte geglaubt, er könnte mit Menschen, die seine Wege kreuzten, wie mit Marionetten spielen. Und nun war er es gewesen, Mütze, der dem Schuft die Fäden durchgeschnitten hatte. Schnipp! Das Spiel war aus. Mütze warf sich auf die andere Seite. Dann fiel er in einen unruhigen Schlaf.

Wo war er? Wie spät war es? Als er erwachte, brauchte er ein Weilchen, um sich zu orientieren. Es dämmerte bereits, der Abend brach an. Gähnend stand er auf. Karl-Dieter war in der Küche beschäftigt und schnitt Hagebutten klein.

»Was hältst du davon, wenn wir eine Pizza im Bahnhof essen?«, fragte Mütze.

»Auf keinen Fall! Was glaubst du, was ich hier mache? Ahsen kommt zum Essen vorbei, ich hab ihn eingeladen. Dauert allerdings noch ein Stündchen.«

Mütze verspürte das dringende Bedürfnis, eine Runde zu joggen. Auf dem Weg Richtung Dorf lief er eine Zeit lang parallel zu einer Gruppe von Reitern, die auf kleinen Islandponys einen Ausritt machten. Auch die Inselbahn war unterwegs. Sie wurde von einem schräg vorgespannten Pferdchen gezogen, das schon lange keine Lust mehr auf diesen Job zu haben schien. Als Mütze den Dorfdeich erreichte, wählte er den Weg über die Kuppe Richtung Hafen. Von hier oben hatte man den schönsten Blick und es kamen einem nicht so viele Menschen entgegen. Der Abend war mild. Der Wind hatte sich gelegt, die Räder auf dem Festland drehten sich nur träge. Mütze lief in scharfem Tempo. Als er zum Hafen kam, sah er die *Beauty Queen* am Güterkai liegen, wo man sie besser sichern konnte.

Was Sabine wohl machte? Sie hatte sich weiter zur Verfügung zu halten, hatte ihr Ahsen eingeschärft. Ob sie von dem Geldkoffer gewusst hatte? Ob sie sich mitschuldig gemacht hatte? Und wenn nicht, ob sie sich benutzt vorkam, als Feigenblatt für Heikos schmutzige Geschäfte? Sie würde sich sicher bald einen neuen Freund suchen. Kaum vorstellbar, dass sie van Gehlen die Treue hielt, während er im Knast saß. Obwohl, hundertprozentig auszuschließen war das nicht. Es gab Frauen, die in solchen Situationen einen eigentümlichen Heroismus entwickelten und zu einer Mutter Theresa mutierten.

Mütze lief den Deich zum Hafen hinunter. Wie eckige Elefanten standen die großen Alugepäckbehälter nebeneinander. Ein Hafenarbeiter beschriftete sie gerade neu. An jedem Container befand sich eine schwarze Tafel, auf der mit Kreide die Abfahrtszeit der Fähre notiert werden sollte, auf die er gebracht werden musste. Der Arbeiter, ein Mann mit einem gezwirbelten Schnauzbart, war einer von der gründlichen Sorte. Er gab sich sichtlich Mühe, die Abfahrtszeit akkurat auf die Tafeln zu malen: 20:00 Uhr. Mütze stutzte und blieb stehen. Täuschte er sich? Diese Schrift kannte er doch!

Schwer atmend zog Mütze das Kuvert aus seiner Hosentasche, das ihm Ahsen zugesteckt hatte, den Umschlag mit den Kopien. Er blätterte die Unterlagen kurz durch, dann hatte er den richtigen Zettel in der Hand: »Heute um 20:00 Uhr.« Tatsächlich! Die Ziffern auf der Kopie und diejenigen, die der Hafenarbeiter auf die Container schrieb, glichen sich wie ein Ei dem anderen. Die Zwei war in einer auffälligen Weise geschwungen und lief in einem verspielten Kringel aus. Die Null war kein einfacher Kreis, sondern trug über sich noch einen gewagten Schwungstrich, als würde sie eine Haarlocke schmücken. Auch die Art, die Minuten anzugeben, war exakt identisch. Die Nullen waren nicht mit einem Punkt von den Stunden getrennt, stattdessen waren sie höhergestellt und überragten, weil sie nicht kleiner geschrieben waren, die vorgestellten Ziffern um ein Drittel. Und sie waren ebenfalls mit der manierierten Locke geschmückt.

Mütze nahm seinen Lauf wieder auf, rannte zum östlichen Deich hinauf, zum Windhukk. Dort stoppte er erneut, um von der Höhe aus, im Schutz der Informationstafeln, den Hafen zu observieren. Ob Kennemann einen Komplizen hatte? Ob der Hafenarbeiter, den er gerade beobachtet hatte, gemeinsame Sache mit ihm gemacht hatte? Ein Verdacht stieg in Mütze auf. Woher sollte Kennemann von der Existenz der Geldkiste erfahren haben, wenn nicht von einem der Hafenarbeiter? Ahsen hatte erzählt, die Geldkiste sei mit der Fähre gekommen und in der Gepäckhalle des

Hafens gelagert worden, wo van Gehlen sie abgeholt hatte. Ob der Arbeiter da unten, woher auch immer, vom Inhalt der Kiste gewusst hatte? Ob er Kennemann den Tipp gegeben hatte? Ob er es gewesen war, der Kennemann den Zettel mit der Uhrzeit zugesteckt hatte? »Heute um 20:00 Uhr.«

Als der Hafenarbeiter den letzten Container beschriftet hatte, holte er vom Hafengebäude eine blaue Sackkarre, die dort an der Wand lehnte und ging, sie hinter sich herziehend, zur Lagerhalle. Das Quietschen der Stahltür war selbst für Mütze noch zu hören. Kurz darauf kam der Schnauzbart ohne Karre aus der Halle zurück. Er nahm sich eines der am Deich liegenden Fahrräder und fuhr Richtung Dorf davon.

Das Schloss zu knacken war für Mütze eine der leichtesten Aufgaben. Im Hafen war es still geworden, Menschen waren keine zu sehen. Mit entschlossenem Schwung riss er die Stahltür auf, denn Stahltüren quietschen nur, wenn man sie langsam öffnet. Mütze betrat die Halle. Mit einem Dreh ließ er das Neonlicht aufflammen. Er brauchte nicht lange zu suchen. Die Sackkarren lehnten ordentlich nebeneinander an einer Zwischenwand. Alle waren sie in Gärtnergrün gestrichen, nur die linke war blau. Über jeder war an der Wand ein Vorname notiert. Über der blauen stand »Fitje«.

Mütze beugte sich nieder und besah die Kante von Fitjes Karre genauer. Einem Laien wäre es vielleicht entgangen, Mütze aber wusste, wie Blut aussah, auch wenn es sich nur um winzige Flecken handelte. Zunächst griff sich Mütze sein Handy und schoss ein paar Aufnahmen. Dann zog er sein Taschenmesser hervor und kratzte einen kleinen Blutfleck in die Hülle seiner Taschentuchverpackung. Alles, was er jetzt brauchte, würde er in der Polizeiwache finden.

Die Wache war verwaist, also musste Mütze erneut seine Einbrecherkünste beweisen, was noch einfacher war als am Hafen, stand das hintere Fenster doch sperrangelweit offen. Ahsen war schon auf dem Weg zu ihrer Ferienwohnung, wo Karl-Dieter das Abendessen für sie zubereitet hatte, und Trellenburg hatte die Zelle räumen müssen. Vorsichtig sah Mütze durch den Türschlitz des Arrestraums. Zusammengekauert lag ein Mann auf der Pritsche und drehte ihm den Rücken zu. Heiko.

Rasch eilte Mütze hinüber ins Büro. Er wusste, was Ahsen als seine Asservatenkammer bezeichnete, einen einfachen Ikea-Schrank. Das windschiefe Teil zu knacken wäre selbst für jedes schwedische Schulkind ein Klacks gewesen. Ganz unten, in einem Wäschekorb, war das blutige Segeltuch verstaut. Mütze fischte eine leere Zigarettenschachtel aus Ahsens Papierkorb, klappte erneut sein Taschenmesser auf, schabte über das Segel und ließ etwas von dem angetrockneten Blut in die Schachtel rieseln. Dann stieg er wieder aus dem Fenster. Er hatte, was er brauchte.

Beim Abendessen war Mütze ungewöhnlich schweigsam, dafür erzählte Ahsen umso mehr. Während Karl-Dieter die Vorspeise auftrug, einen Salat aus frischem Seetang, den er liebevoll mit in Butter geschmorten Sanddornfrüchten verziert hatte, berichtete der Inselpolizist noch einmal in allen Einzelheiten, wie sie sich van Gehlen geschnappt hatten.

»Trellenburg war kurz davor, die Fische zu füttern, ich aber hab kräftig Gummi gegeben, sonst wäre uns der Kerl entwischt, ihr wisst schon, die 12-Meilen-Grenze. Anfangs hat der Herr Großkotz auf cool getan, damit war es schlagartig vorbei, als ich im Hafen das blutige Segeltuch aus dem Versteck gezogen habe. Da hättet ihr mal sein Gesicht sehen sollen. Er beharrt zwar darauf, es sei ein Unfall gewesen, doch das wird ihm nichts helfen.«

»Und wenn die Sackkarre noch auftaucht?«, sagte Mütze und stopfte sich eine Gabel Salat in den Mund.

»Unmöglich«, sagte Ahsen, »unsere Taucher haben alles abgesucht. Da ist nichts. Eine Sackkarre ist kein Küchenmesser, die kann man nicht übersehen.«

»Habt ihr denn die Tatwaffe gefunden?«

»Hat van Gehlen vermutlich an einem anderen Ort über Bord geworfen, vielleicht auf der Fahrt zum Weststrand, aber nicht im Yachthafen. Van Gehlen ist ja nicht blöd. Er weiß schließlich, wo wir suchen würden.«

Zum Seetangsalat gab es einen ausgezeichneten Riesling von der Mosel.

»Wein von Spiekeroog, wenngleich nicht hier angebaut«, scherzte Karl-Dieter. Im Feinkostladen *Schröders* war er mit dem Besitzer schon per Du.

»Das Schärfste aber ist doch diese Geldschmuggelgeschichte, findet ihr nicht?«, sagte Ahsen, als er sein Glas wieder abgesetzt hatte. »Satte drei Millionen!«

»Wie seid ihr draufgekommen, dass das Geld nach Iran gehen soll?«, fragte Karl-Dieter interessiert.

»Mit Hilfe des BKA. Die Scheine waren durchnummeriert. Dadurch war es uns möglich, das Geldhaus zu ermitteln, bei dem sie zuletzt gelagert waren. Silbermann & Becker, feine Hamburger Privatbank, nur exklusive Kundschaft. Anfangs wollten sie sich auf das Bankgeheimnis herausreden, die Kollegen vom BKA aber konnten sie schnell überzeugen, dass es besser wäre zu kooperieren, so haben wir alles erfahren. Ein Mitarbeiter der Bank hat den Geldkoffer am Mittwoch eigenhändig zum Hafen von Neuharlingersiel gebracht und an der Fähre aufgegeben.«

»Warum ist der Bänker nicht mit auf die Fähre und hat die Knete van Gehlen persönlich ausgehändigt?«

»Das ist auch so eine Geschichte. Der Bankdirektor behauptet steif und fest, nicht zu wissen, wer den letzten Boten spielen sollte. Man habe nur anonym kommuniziert. Van Gehlen wollte offensichtlich kein Risiko eingehen.«

»Dennoch hat die Bank ihm vertraut.«

»Kein Wunder«, sagte Ahsen mit zufriedenem Lächeln, »er hat die Tour ja schon dreimal erfolgreich gemacht.«

Eigentlich war nichts Verbotenes dabei. Das Geld gehörte der staatlichen iranischen Ölförderungsgesellschaft und war rechtmäßig in Deutschland angelegt worden. Allein wegen der von den Amerikanern verschärften Sanktionen durfte es nicht in den Iran zurücktransportiert werden. Jedes Geldhaus hatte Angst, es sich mit den Amerikanern zu verderben. Wer Geld nach Iran transferierte, stand auf Trumps Abschussliste. Dennoch: Da sich Deutschland an den Sanktionen nicht beteiligte, jedenfalls nicht offiziell, lag kein Verdacht auf das Vorliegen einer schweren Straftat vor.

»Damit allein hätten wir van Gehlen kaum packen können«, sagte Ahsen, »aber ein Mord, das ist natürlich eine andere Nummer.«

Als Hauptgang hatte sich Karl-Dieter etwas Besonderes einfallen lassen. Es gab Steaks vom Deichlamm, die er mit einer Marinade aus Spiekerooger Köstlichkeiten versehen hatte. »Ihr müsst raten, was drin ist!«

Als Beilage gab es Butterkartoffeln und lauwarmes Apfelkompott. »Die Äpfel habe ich eigenhändig zwischen den Dünen beim *Haus Wolfgang* gepflückt.«

Karl-Dieter war sehr zufrieden. Ahsen schmeckte es sichtlich. Nur Mütze schien mal wieder nicht zu merken, mit was für einem Aufwand er gekocht hatte. »Ich könnte ihm auch Dosenfutter vorsetzen«, seufzte Karl-Dieter manches Mal.

»Es ist also davon auszugehen, dass van Gehlen die Geldkiste eigenhändig in der Lagerhalle abgeholt hat?«, hakte Mütze nach.

»Ganz genau. Mehr noch: Davon ist nicht nur auszugehen, das haben wir schwarz auf weiß. Der Hafenmeister hat uns die Lieferscheine gezeigt, mit der Quittung van Gehlens. Er hat sich mit der Codenummer des Pakets ausgewiesen.«

»Hat das den Hafenmeister nicht misstrauisch gemacht?«

»Ach weißt du, die Leute lassen sich alles Mögliche anonym zuschicken. Selbst auf Spiekeroog.«

Ahsen ließ sich noch mal nachlegen, »von allem«, und auch zu einem weiteren Glas Wein sagte er nicht nein.

»Und woher wusste Kennemann von dem Geld? Ich meine, er war doch nicht beim Hafen beschäftigt, er saß ja den ganzen Tag am Strand und lieh Strandkorbschlüssel aus.«

»Die Antwort auf diese Frage hat Kennemann wohl mit ins Grab genommen«, seufzte Ahsen, »kann irgendein Zufall gewesen sein. Wir hatten natürlich die Vermutung, dass der Mitarbeiter des Geldhauses, also der Bote, der die Kiste bis nach Neuharlingersiel gebracht hat, mit Kennemann unter einer Decke steckt. Bislang aber haben wir dafür nicht den kleinsten Hinweis gefunden.«

Mütze nickte. Mehr wollte er von Ahsen nicht wissen. Morgen würde sich klären, was es mit dem Schnauzbart vom Hafen auf sich hatte. Das aber ging niemanden etwas an.

Donnerstag

Karl-Dieter schlief noch, als Mütze aufbrach. Der Kommissar nahm die erste Fähre und mietete sich in Neuharlingersiel einen 5er-BMW, mit dem er nach Bremen heizte. Gut, dass es Kreuzinger gab. Mütze kannte ihn seit Ewigkeiten. Schon in Dortmund hatten sie miteinander gearbeitet. Dank neuer Analysemethoden war es Kreuzinger gelungen, aus dem Magen einer Mücke, die in einem Dortmunder Hotelzimmer an der Decke gesessen hatte, die DNA des berüchtigten Zechenmörders zu extrahieren, wodurch sie den Sadisten hatten überführen können. Seit dieser Zeit waren sie befreundet.

Kreuzinger war bereits pensioniert, nun hätte er jede Menge Zeit für Flussfahrten und ähnlichen Unfug. Aber er war daheim. Gut auch, dass er noch ein kleines Privatlabor betrieb, um sich mit Gutachten seine Rente aufzubessern, wie er scherzhaft sagte. Tatsächlich fiel es ihm schwer, untätig herumzusitzen oder die Rosen zu wässern. Deshalb hatte er auch gelacht, als ihn sein alter Freund Mütze angerufen hatte: »Klar! Komm gleich morgen vorbei!«

Mütze gab kräftig Gummi. Keine zwei Stunden brauchte er bis Bremen. Am Stadtrand, unweit der Weser, kurvte er auf Anweisung des Navis im Zickzack herum und bog dann in die Einfahrt des schmukken Klinkerhauses ein, in dem Kreuzinger mit seiner

Frau lebte. Kreuzinger war ganz der Alte. Er begrüßte Mütze mit einem herzlichen Schlag auf die Schulter und stellte keine unnötigen Fragen. Wenn Mütze anonym zwei Blutproben vergleichen wollte, dann würde er dafür seine Gründe haben.

»Wie teuer wird das?«

»Mensch Mütze, willst du mich beleidigen?«

Sofort begaben sie sich in das Souterrain, wo Kreuzinger sein Labor eingerichtet hatte. Alles blitzte sauber und aufgeräumt. Kreuzinger wunderte sich auch nicht über die unübliche Verpackung der Proben, er hatte zu lange mit der Kripo zusammengearbeitet, um sich überhaupt noch wundern zu können. Die getrockneten Blutreste von der Sackkarre kamen als Erstes dran. Kreuzinger schüttete sie aus der Taschentuchverpackung in ein kleines Plastikhütchen, füllte es mit isotoner Flüssigkeit auf und verschloss es mit einem Deckel. Alles Weitere machte die Technik.

»So, die Vergleichsprobe ist fertig«, sagte er nach wenigen Minuten mit Blick auf einen Bildschirm, auf dem ein seltsamer Strichcode aufleuchtete, »es ist ein Mann, stimmt's?«

»Stimmt«, sagte Mütze.

»Okay, kommen wir zum zweiten Teil.«

Vorsichtig leerte der Labormediziner nun die Zigarettenschachtel über einem Stück Papier und ließ die trockenen Blutreste, die vom Segel stammten, in ein zweites Plastikhütchen rieseln und unternahm dieselben Schritte für die Analyse wie bei der ersten Probe.

»Und Action!«, rief er und setzte sein Gerät erneut in Marsch.

Mütze versuchte, sich seine Anspannung nicht anmerken zu lassen. Als der Automat aufhörte zu summen und sich Kreuzinger über den Bildschirm beugte, hielt er den Atem an.

»Identisch!«, rief Kreuzinger. »Wir haben es mit demselben Mann zu tun.«

»Irrtum ausgeschlossen?«

»Hundertprozentig!«

Am Hafen von Neuharlingersiel musste Mütze warten. Die nächste Fähre ging erst um 17:15 Uhr, er hatte noch zwei Stunden Zeit. Er setzte sich in ein Hafenlokal mit Blick auf die am Kai liegenden Boote, von denen viele mit bunten Wimpeln geschmückt waren. Bevor die Kellnerin kam, erhob sich Mütze jedoch rasch wieder und beschloss, lieber einen Spaziergang zu machen. Was, wenn sein Verdacht zutraf? Was, wenn van Gehlen Recht hatte und Kennemanns Tod tatsächlich ein Unfall war? Wie ging es dann weiter?

Bislang hatte Mütze versucht, diesen Gedanken zu verdrängen. Nun aber musste eine Entscheidung her. Mit Karl-Dieter konnte er nicht darüber sprechen. Nicht, weil er kein Vertrauen zu ihm hatte, sondern ganz im Gegenteil, eben weil sie sich so vertraut waren. Mütze wusste, was Karl-Dieter von ihm verlangen würde, und genau dazu war er nicht bereit. War es nicht besser, die Neuigkeiten zu verschweigen? Ahsen durfte er erst recht nichts erzählen, er würde den Inselpolizisten in Mordsschwierigkeiten bringen. Es ging nicht anders, er musste da allein durch.

Mütze stieg den Deich empor, der das Festland vor der offenen See schützte. Dieser hier war wesentlich höher als die von Spiekeroog, von hier aus hatte man einen weiten Blick über Land und Meer. Der Himmel hatte sich zugezogen, tiefe Wolken hingen über dem Watt. Zur Linken lag Spiekeroog, wer wollte, konnte bei Ebbe hinüberwandern. Mütze hatte kein Auge dafür. Wild wirbelten seine Gedanken durcheinander. Warum zum Geier hatte er überhaupt ermittelt? Was sollte er mit seinem Wissen nur anstellen? Van Gehlen saß in der Zelle und durfte mit einer Verurteilung und einer langen Gefängnisstrafe rechnen. Das war es doch, worauf es ankam. Wenn nur nicht diese verdammten Zweifel wären! Krampfhaft rief sich Mütze das Bild vor Augen, wie Manni am Strick hing. Endlich, endlich musste van Gehlen dafür büßen, nach zwanzig Jahren. War das nicht gerecht?

Ein kühler Wind kam auf, Mütze schlug den Kragen seiner Jacke hoch. Welcher Teufel hatte ihn nur geritten, diesen dämlichen Zwirbelbart zu observieren? So ein Quatsch, auf die Suche nach Blutspuren zu gehen. Jetzt hatte er den Salat. War es nicht wurscht, weshalb ein Mensch bestraft wurde? Kam es nicht einzig und allein darauf an, dass er seine Strafe erhielt? Manni hatte nicht mehr leben dürfen, obwohl er sich zum Schluss danach gesehnt hatte. Vielleicht hatte er erst am Strick erkannt, wie schön das Leben doch sein konnte, trotz alledem. Dann war van Gehlen gekommen, und hatte ihm den tödlichen Tritt verpasst. Manni hatte keine Chance gehabt, warum sollte van Gehlen, der Dreckskerl, noch eine bekommen? Fakt war, van Gehlen hatte einen Mord begangen, Fakt war, man würde das Schwein in den Knast stecken. Mütze trat einen Kiesel in die Wiese. Alles war gut.

Es stimmt etwas nicht. Das spürte Karl-Dieter nur zu genau. Er fragte aber nicht nach. Schon als Mütze ihm gestern Abend erzählt hatte, dass er seinen alten Freund Kreuzinger in Bremen besuchen wolle, hatte er nur genickt und nichts weiter dazu gesagt, auch wenn es ihm natürlich nicht gepasst hatte, den Tag alleine zubringen zu müssen. Mütze hatte Kreuzinger noch nie privat besucht, warum ausgerechnet jetzt? Nach all den gemeinsamen Jahren aber wusste Karl-Dieter genau, wann es klug war nachzufragen und wann es besser war zu schweigen.

Karl-Dieter hatte sofort gespürt, als er Mütze am Hafen abgeholt hatte, dass sein Freund, den er im Stillen stets als seinen Mann bezeichnete, einen harten Tag hinter sich gehabt haben musste. Sonst hätte er doch mitbekommen müssen, wie er ihm vom Kai aus zugewunken hatte. Mütze war völlig in Gedanken gewesen, und auch jetzt, wo sie im Garten des *Blanken Hans* saßen, war er zerstreut und nicht bei der Sache, als ihm Karl-Dieter von seinem Tag erzählte.

Karl-Dieter hatte allerhand erlebt. Er war beim legendären Inselwettkampf dabei gewesen, dem Schlagballturnier der Spiekerooger Mannschaften gegen die Nachbarn von Langeoog. Eine Mordsstimmung hatte am Strand geherrscht. Mit vier zu null hatten die Spiekerooger die Langeooger heimgeschickt, was anschließend kräftig begossen worden war. Der Tag hatte ihm noch weitere schöne Erlebnisse beschert. In einem Dünental hatte er die schmackhaftesten Brombeeren entdeckt und ein Schüsselchen davon gepflückt. Mit frischem Sahnequark, eine Köstlichkeit! Noch ein original Spiekeroog-Gericht. Man konnte die Beeren sogar unbesorgt vom Strauch essen und brauchte keine Angst vorm Bandwurm zu haben. Gab ja keine Füchse auf Spiekeroog.

»Und dann habe ich auch noch ein Reh gesehen! Wusstest du, dass es auf Spiekeroog Rehe gibt?«

Mütze blickte auf. Ein leichtes Lächeln begann seine Lippen zu umspielen: »Au ja, Rehbraten mit Brombeerkompott, fein!«

Karl-Dieter grinste erleichtert. Gott sei Dank, Mütze konnte wieder Witze machen!

»Wie geht's Kreuzinger?«

»Gut, gut«, erwiderte Mütze und das Lächeln verschwand, »ganz der Alte. Du, ich muss noch mal zu Ahsen.«

»Du weißt genau, dass das Ärger geben wird«, flüsterte Ahsen, als er Mütze die Tür zur Zelle aufschloss.

»Eine Viertelstunde, nicht länger. Versprochen!«

Van Gehlen saß auf seiner Pritsche und griente ihn an.

»Besuch! Wie schön! Setz dich zu mir auf meinen Divan«, sagte er und machte eine einladende Bewegung auf den Platz neben sich, Mütze aber blieb bei der Tür stehen.

»Was verschafft mir die Ehre?«, fragte van Gehlen.

»Ein Wunsch«, sagte Mütze.

»Ein Wunsch? Oho! Der große Herr Kriminalkommissar wünscht sich was von mir!«

Mütze überhörte die Ironie. »Eher ein Vorschlag.«

»Vorschlag? Noch besser! Was willst du mir vorschlagen?«

»Dass du ein Geständnis ablegst.«

Van Gehlen lachte auf. »Jetzt spinnst du komplett! Habt ihr endlich begriffen, dass ihr mir nichts nachweisen könnt? Das hätte dir gepasst, Mütze, nicht wahr? Dass ich in den Knast wandere. Wie kleingeistig du bist, was für ein Spießer. Nur, weil du nicht ertragen kannst, dass sich dein süßer Manni wegen dir umgebracht hat. Dafür hängst du mir die Sache mit diesem Strandkorbmenschen an. Gib's endlich zu, du bist es, der dahintersteckt. Die Lackgeschichte, der Handabdruck, das stammt doch von dir! Hätt ich mir gleich denken können, auf so eine Gelegenheit hast du nur gewartet. Und nun gehen dir die Argumente aus, so ein Pech aber auch. Ihr habt die Sackkarre gefunden, hab ich Recht? Und jetzt kommst du mir dumm und möchtest als letzte Rettung ein Geständnis. Für wie blöd hältst du mich eigentlich? Ich sag dir was, das Geständnis kannst du dir sonst wohin schmieren. Doch ich will mal nicht so sein, ich mach dir einen Gegenvorschlag: Wie wär's mit einer anständigen Entschuldigung?«

»Ich glaub, wir reden aneinander vorbei. Ich sprech von einem Geständnis in einer ganz anderen Sache.«

»In einer ganz anderen Sache?« Van Gehlen sah Mütze verblüfft an. »Ich weiß nicht, was du meinst.«

»Dann kann ich leider nichts für dich tun, eine Sackkarre haben die Taucher bedauerlicherweise nicht gefunden.«

Mütze machte eine Bewegung zur Tür.

»Moment, Moment«, rief van Gehlen und sprang auf, »vielleicht hab ich es nicht richtig verstanden. Was genau willst du mir vorschlagen?«

Fünf Minuten später klopfte Mütze nach Ahsen. Als der Inselpolizist die Zellentür aufschloss, sagte Mütze: »Geh das Aufnahmegerät holen, van Gehlen hat dir was zu erzählen.«

Mütze ging über den Slurpad zum Strand. Nur wenige Urlauber kamen ihm entgegen, kein Wunder, bei diesem Wetter. Auch in den Strandkörben saß kein Mensch, ein junger Vater warf sich mit seinem Sohn eine Frisbeescheibe zu, und in der Ferne sah man den ein oder anderen Strandwanderer, der unverdrossen seine Runden drehte. Mütze ging bis zum Spülsaum, den die Flut beleckte. Unaufhörlich versuchten die Wellen, nach seinen Füßen zu greifen, Mütze aber machte sich einen Spaß daraus, ihnen im letzten Moment auszuweichen.

So erleichtert hatte Mütze sich lange nicht gefühlt, er hätte singen mögen. Wie van Gehlen den Mund aufgerissen hatte! Wie ihm nichts mehr eingefallen war. Die ganze unerträgliche Arroganz, diese gespielte Überlegenheit, plötzlich war das alles von ihm abgefallen. Für einen winzigen Augenblick hatte Mütze einen Blick hinter die Fassade geworfen. Was für ein kleiner, was für ein bemitleidenswerter Mensch da mit einem Mal vor ihm gesessen hatte!

Natürlich konnte man es Erpressung nennen. Andere hingegen würden von einem Deal sprechen. Mütze dachte keine Sekunde daran, dass van Gehlen im letzten Moment noch einen Rückzieher machen und Ahsen nichts erzählen würde. Zu klar musste ihm sein, dass er von dem Deal profitieren würde. Es war ein schlichtes Gegenüberstellen nackter Zahlen: zehn Jahre gegen zwanzig. So unterschiedlich würde das Strafmaß ausfallen, plus minus ein paar Jährchen. Mit ein bisschen Glück kam van Gehlen auch mit weniger davon. Der Fall würde mit ziemlicher Sicherheit nach dem Jugendstrafrecht verhandelt werden, van Gehlen war ja gerade erst achtzehn, als Manni starb. Strafmildernd würde zudem die Selbstanzeige gewertet werden. Bei der Tötung Kennemanns aber würde kein Richter der Welt mildernde Umstände erkennen.

Trotz der ersichtlichen Vorteile des Deals, hatte van Gehlen nicht sofort zugestimmt, sondern sich wie ein Wurm gewunden. Mit unverhohlenem Vergnügen hatte Mütze erkannt, was in ihm vorging. Van Gehlen konnte es nicht ertragen, Mütze diesen Triumph zu gönnen. Wie hatte er sich daran geweidet, ihn mit der Wahrheit über den Tod Mannis zu quälen und nun das! Andererseits, den Mord an Manni nicht einzugestehen und stattdessen zehn zusätzliche Jahre zu brummen, war es das wert? Zähneknirschend hatte van Gehlen endlich genickt und ihn zugleich einen elenden Hund genannt.

Mütze rieb sich die Hände. Die Gefahr, dass van Gehlen versuchen würde, den Spieß umzudrehen und ihm ans Bein zu pinkeln, war gleich null. Dafür war gesorgt. Nur einer wusste schließlich, was sich wirklich abgespielt hatte in jener Nacht am Hafen. Und dieser eine würde hübsch die Schnauze halten. Für Trellenburg war van Gehlen überführt und der Staatsanwalt sah das genauso. Es war belanglos, dass die Tatwaffe nicht gefunden worden war, die Beweislage war erdrückend. Das blutige Segeltuch, die genaue Beschreibung des Ortes, wo er Kennemann verbuddelt hatte, die Geldkiste als Motiv für Kennemanns Einbruch auf der Yacht, die schmutzigen Geschäfte mit den Iranern ... Aus der Kiste kam van Gehlen nicht mehr raus. Es sei denn, er kooperierte und beichtete Ahsen sein wirkliches Verbrechen.

Endlich, endlich wurde der Mord an Manni gesühnt. Dadurch wurde Manni nicht wieder lebendig, aber das Andenken an ihn würde künftig ein anderes sein. Manni war nicht länger der schwächliche Selbstmörder, von nun an war er das Opfer eines feigen Mordes. Das machte einen gewaltigen Unterschied! Nicht zuletzt für seinen jüngeren Bruder.

Für einen Moment hatte Mütze nicht aufgepasst. Eine vorwitzige Welle schnellte über den Sand und erwischte spritzend seine Füße. Mütze lachte und machte einen fröhlichen Sprung zur Seite. In diesem Augenblick riss am Horizont die Wolkendecke auf. Durch den schmalen blauen Spalt fiel gleißend hell das Licht der untergehenden Sonne.

In *Sir Georgs Pub* ging es lustig zu. Alle Tische waren belegt und aus den Boxen erklang heitere Fiddelmusik. Mütze hatte einen Bärenhunger. Endlich mal wieder anständiges Pub-Food.

»Den dicksten Hamburger bitte, den ihr auf Halde habt, mit 'ner Extraportion Pommes und Mayo und Ketchup natürlich.«

»Ein Guinness dazu?«, fragte der Kellner.

»Guinness nur in Notzeiten«, grinste Mütze und bestellte sich ein Jever.

Karl-Dieter, dem zu solch einem Essen nur Bluthochdruck, Diabetes, Darmkrebs und andere Scheußlichkeiten einfielen, entschied sich für ein stilles Wasser und einen grünen Salat, das Einzige, was auf dieser Speisekarte infrage kam.

»Prost, Knuffi!«

»Prost, Mütze!«

Natürlich hatte Mütze seinem Freund alles gleich erzählen müssen. Zuerst jedoch hatte Karl-Dieter trotz Mützes grandiosem Triumph kritisch den Kopf geschüttelt und auch jetzt noch waren seine Gefühle durchaus gemischt.

»Du hättest ihm nicht ernsthaft den Mord an Kennemann angedreht?«, sagte er mit gesenkter Stimme und steckte sich ein Salatblatt in den Mund.

»Wie bitte?«

»Du hättest ihm nicht ernsthaft den Mord an hm, hm, hm angedreht?«

»Klar hätte ich«, sagte Mütze und griff munter zum Pils.

»Glaube ich dir nicht«, brummte Karl-Dieter.

Als Mütze das zweite Pils bestellte, betrat ein alter Bekannter das Pub. Ahsen! Sichtlich erregt und mit geröteten Wangen setzte er sich zu den Freunden. »Gott sei Dank, endlich hab ich euch gefunden. Ihr ahnt nicht, was ich für Neuigkeiten habe!«

»Neuigkeiten?« Mütze beherrschte sich perfekt.

»Eine echte Sensation! Van Gehlen hat tatsächlich gestanden, da hat er dir nicht zu viel versprochen. Ob ihr's glaubt oder nicht, nicht die Tötung Kennemanns hat er zugegeben, sondern einen völlig anderen Mord.«

»Was sagst du?«

»Mütze, halt dich fest. Erinnerst du dich noch an eure Abiturparty?«

»Ja. Scheußlicher Abend, ein Freund hat sich im Keller erhängt.«

»Hat er nicht.«

»Aber doch, leider ja, ich hab ihn ja an der Decke hängen sehen.«

»Das war kein Selbstmord, van Gehlen hat ihn auf dem Gewissen.«

»Wie bitte?«

»Van Gehlen wollte Getränke holen, ging in den Keller und sah euren Mitschüler Manfred auf einem Stuhl stehen, einen Strick um den Hals. Offensichtlich hatte er geplant, sich umzubringen, hat es sich in letzter Sekunde aber noch mal anders überlegt und wollte sich gerade die Schlinge wieder über den Kopf ziehen.«

»Und dann?«, fragte Karl-Dieter atemlos. Zwar wusste er genau, was passiert war, aus dem Munde Ahsens jedoch hörte sich alles vollkommen neu an.

Ahsen war sich der Bedeutung des Moments sehr bewusst. Er machte eine theatralische Pause, bevor er die Ungeheuerlichkeit aussprach: »Van Gehlen hat den Stuhl weggetreten.«

»O Gott! Warum denn das?«

»Daran kann er sich nicht wirklich erinnern. Aus Frust wahrscheinlich. Weil er durch das Abi gerasselt war und zu viel getrunken hatte.«

»Und dann?«, fragte Karl-Dieter nach.

»Er ist zu uns in den Garten gekommen und hat gesagt: Manni hängt im Keller«, schaltete sich Mütze ein.

»All die Jahre habe ihn sein Gewissen gequält«, berichtete Ahsen, »erst jetzt in der Zelle sei ihm klar geworden, dass er reinen Tisch machen müsse. Er könne nicht länger schweigen, sonst wäre sein Leben sinnlos.«

»Der arme Kerl.« Karl-Dieter verspürte tiefes Mitleid, obwohl er doch wissen musste, wie das Geständnis zustande gekommen war. Mütze sagte nichts und dachte sich seinen Teil.

»Ich hab natürlich gleich die Staatsanwaltschaft informiert. Nun haben wir ihn wegen zweier Tötungsdelikte am Wickel«, sagte Ahsen mit gewichtiger Stimme.

Karl-Dieter warf Mütze einen schnellen Seitenblick zu. Jetzt musste Mütze doch reagieren. Warum sagte er nichts? Van Gehlen hatte sich an seinen Teil des Deals gehalten, jetzt lag der Ball bei Mütze, jetzt war der Zeitpunkt gekommen, den Fall Kennemann aufzuklären. Aber Mütze blieb stumm. Was hatte er vor? Wollte er, dass van Gehlen für beide Taten angeklagt würde? Das konnte nicht sein, das war gegen alle Absprachen. Niemals hatte Mütze bisher sein Wort gebrochen.

»Ich muss jetzt wieder, ihr wisst schon, die Papierarbeit«, sagte Ahsen.

»Wir gehen dann auch«, sagte Mütze und schabte mit der letzten Pommes genüsslich den restlichen

Ketchup vom Teller. »Ein kleiner Abendspaziergang wird uns guttun.«

Als sie vor der Tür standen und Ahsen mit seinem Dienstrad um die Ecke gesurrt war, platzte es aus Karl-Dieter heraus: »Warum hast du denn nichts gesagt?«

»Lass uns zum Hafen gehen, ich erklär's dir unterwegs.«

Der Weg war lang genug für die Erklärung, Karl-Dieter nickte erleichtert. Für ihn wäre eine Welt zusammengebrochen, hätte Mütze sein Wort nicht gehalten. Aber Mütze hatte natürlich Recht, Ahsen musste selbst draufkommen. Der Deal durfte unter keinen Umständen bekannt werden.

»Und wie soll Ahsen auf die Fährte kommen?«, fragte Karl-Dieter.

»Du wirst ihn darauf stoßen.«

»Ich?«

»Als Bühnenkünstler hast du doch das richtige Auge für so was.« Mütze zog die Kopie von dem Zettel mit der Aufschrift »Heute um 20:00 Uhr« heraus. »Jetzt darfst du deine graphologischen Kenntnisse unter Beweis stellen.«

Am Kai standen die silbernen Container wieder ordentlich in Reih und Glied. Wieder war auf jedem ordentlich die Abfahrtszeit notiert, »07:20 Uhr«.

»Fällt dir was auf?«, fragte Mütze.

»Absolut«, entfuhr es Karl-Dieter, »eindeutig dieselbe Handschrift.«

»Na, dann ruf doch gleich mal Ahsen an. Seine Papierarbeit kann warten.«

Alles Weitere war Routine. Als Ahsen Fitje den Zettel mit seiner Handschrift unter die Nase hielt, sprudelte es ängstlich aus dem Hafenarbeiter heraus. »Ich bin es nicht gewesen, es war van Gehlen!«

Die Geldkiste sei ihm Mittwochabend beim Verladen in der Gepäckhalle vom Stapel gefallen und aufgesprungen. Wie habe er geschaut, als die Knete zum Vorschein gekommen sei! Nie zuvor habe er so viel Geld auf einem Haufen gesehen. »Abends beim Bier im *Blanken Hans* habe ich Markus davon erzählt. Ihr hättet sehen sollen, wie seine Augen geleuchtet haben. Wir schnappen uns die Piepen, hat er gesagt.«

»Und weiter?«

»Van Gehlen hat die Kiste am nächsten Tag bei uns abgeholt. Ich hatte sie wieder so sorgfältig verschlossen, dass er nichts merken konnte. Dann habe ich den richtigen Zeitpunkt abgewartet. Als Hafenarbeiter habe ich den Yachthafen ja stets im Blick. Freitagmittag ist van Gehlen mit seiner Hübschen zum Dorf spaziert, ich hinterher. Sind in die *Linde,* ich ebenfalls. Hab mitbekommen, wie sie einen Tisch für zwanzig Uhr bestellt haben. Den Zettel kennt ihr ja, auf dem ich das notiert habe. Hab ihn Kennemann am Strandkorbverleih zugesteckt. Dann bin ich wieder zum Hafen. Abends hab ich Schmiere gestanden, in der alten Kommandobrücke am Yachthafen, von dort hat man alles im Blick.

Kennemann hat im Dorf gewartet. Eine Viertelstunde, nachdem ich van Gehlen mit seiner Süßen zum Dorf hab spazieren sehen, kam Kennemann zum Hafen, hat sich meine Sackkarre geschnappt, die ich am vereinbarten Ort abgestellt hatte, und ist damit über die Stege hin zu van Gehlens Yacht. Und dann begann die Scheiße.«

»Welche Scheiße?«

»Van Gehlen ist vorzeitig zurückgekommen.«

»Warum hast du Kennemann denn nicht gewarnt? Ich dachte, du solltest Schmiere stehen?«

An diesem Punkt des Verhörs verstummte Fitje.

»Was ist? Hast du nicht gehört, was ich gesagt habe?«

Fitje schlug die Augen nieder. »Muss ich das sagen?«

»Hör zu, Fitje, entweder du machst reinen Tisch oder es wird verdammt unangenehm für dich. Wer weiß, vielleicht habt ihr euch ja gestritten, du und Kennemann, und du hast ihm die Sackkarre übergebraten und wolltest allein davon mit dem Geld.«

»Nein, nein, nein, ganz bestimmt nicht«, entfuhr es Fitje, »ich hab eine Zeugin, die das bestätigen kann.«

»Eine Zeugin? Wen denn bitte?«

»Nora.«

»Nora? Unsere Inselhure?«

»Sie kam im völlig falschen Moment vorbei. Kennemann war gerade zur Yacht, auf einmal taucht Nora auf und bummelt zum Yachthafen. Was sollte ich machen? Ich aus meinem Versteck heraus und zu ihr hin.«

»Und dann?«

»Na, ich hatte doch noch diesen Gutschein«, stotterte Fitje.

»Gutschein?«

»Na, den Gewinn vom letzten Schafkopfturnier.«

»Was faselst du da? Rede klarer!«

»Na, den Gutschein für eine Nacht mit Nora. Den musste ich ja noch einlösen.«

»Wie bitte?«

»Was sollte ich denn machen? Ich musste Nora ablenken. Da hab ich sie zu mir in den Ausguck gebeten, um mit ihr zu besprechen, wo und wann … na ja, und deshalb hab ich zu spät mitbekommen, dass van Gehlen zurückkam. Als ich's bemerkt habe, war er schon bei seiner Yacht. Schemenhaft hab ich's erkennen können. Kennemann ist von Bord gestürzt und gestolpert, van Gehlen hinterher. Dann muss er ihn erschlagen haben. Hab nur noch gesehen, wie er die Sackkarre ins Meer geworfen hat. Danach hat er Kennemann in ein Segel gewickelt und an Bord getragen und ist mit dem Rad zurück zum Dorf. Ihr habt den Richtigen, es war van Gehlen!«

»Was ist mit deiner Sackkarre?«

»Die musste ich mir natürlich holen, sonst hättet ihr mich ja sofort geschnappt.«

»Kannst du tauchen?«

»Tauchen? Brauchte nicht tauchen. Hab noch ein altes Modell, hat keine Vollgummireifen, sondern welche zum Aufblasen. Das Ding schwimmt. Hab's rausgezogen und bin davon.«

»Warum hast du dir die Geldkiste nicht geschnappt?«

»Bin ich verrückt? Nachdem Kennemann erschlagen worden ist? Ich wollte mit der ganzen Scheiße nichts mehr zu tun haben.«

Karl-Dieter zuliebe hatte sich Mütze auf den Mondscheinspaziergang eingelassen. Mit Mondscheinspaziergängen konnte Mütze herzlich wenig anfangen, Karl-Dieter aber hatte ihm versprochen, dass es nicht langweilig werden würde. Heute sei nämlich die Nacht der Perseiden, zu keiner Zeit sei die Wahrscheinlichkeit, eine Sternschnuppe zu sehen, höher als heute. »Sternschnuppen sind doch bloß wildgewordener Weltraumdreck«, seufzte Mütze.

Karl-Dieter erwiderte nichts darauf. Von Mütze war eine solche Reaktion ja zu erwarten gewesen. Neulich erst hatte er behauptet, die Liebe zwischen zwei Menschen sei vermutlich nichts anderes als ein Haufen Biochemie im limbischen System. Vielleicht musste ein Kommissar so denken, vielleicht musste für ihn alles eine rationale Erklärung haben.

Als sie über die letzte Düne stiegen und den Strand erreichten, leuchtete der Sternenhimmel in voller Pracht.

Am liebsten hätte sich Karl-Dieter in den Sand gelegt und das Firmament bewundert. »Schau nur, wie schön!«, sagte er überwältigt.

»Hm«, brummte Mütze.

»Einer von all diesen Millionen Sternen, das ist bestimmt dein alter Freund Manni«, sagte Karl-Dieter.

Mütze schaute nach oben. Für einen Moment war es ihm, als habe er über sich ein Flimmern vernommen. »Unsinn«, schimpfte er. Und doch war es ihm, als hätte sein Herz einen Sprung gemacht.

Spiekeroog-Krimis vom selben Autor

(alle Krimis auch als E-Book erhältlich)

Der Tod der Meerjungfrau
ISBN 978-3-95475-009-2
Paperback, 183 Seiten

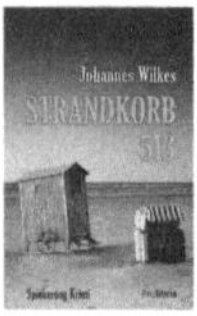

Strandkorb 513
ISBN 978-3-95475-126-6
Paperback, 252 Seiten

Nachts im Watt
ISBN 978-3-95475-170-9
Paperback, 298 Seiten

Heirate nie auf Spiekeroog
ISBN 978-3-95475-221-8
Paperback, 199 Seiten

Auf deinen Spuren
ISBN 978-3-95475-244-7
Paperback, 166 Seiten

Weitere Krimis vom selben Autor

(alle Krimis auch als E-Book erhältlich)

Ein Terrorist im Gepäck
Erlangen-Krimi
ISBN 978-3-95475-074-0
Paperback, 182 Seiten

Abgestürzt
Kriminalroman
ISBN 978-3-95475-187-7
Paperback, 226 Seiten

Kommissar Goethe: Schillers Schädel
Literarischer Krimi
ISBN 978-3-95475-261-40
Paperback, 215 Seiten

Spaghetti bolognese
Italien-Krimi mit Mütze und Karl-Dieter
ISBN 978-3-95475-264-5
Paperback, 188 Seiten